元ヤクザ弁護士

諸橋仁智

彩図社

はじめに

僕の趣味はボクシングだ。ダイエットのために始めたけど、今ではスパーリング大会に参加するくらい真剣に取り組んでいる。

僕がボクシングを楽しめているのは、手の指が欠けることなくすべてそろっているからだ。どれかの指が欠けていたとしたら、拳を強く握れないからボクシングをしようとは思わなかった。

すべての指がそろっている。普通の生き方なら当然のことだ。でも、20代のめちゃくちゃな僕のことを思い出すと、すべての指がそろっていることは奇跡的だ。一家や親分に迷惑をかけるような下手をうって、指つめを覚悟したことが何度もあった。アニキや先輩が「指を落とさなくていい」と言ってくれたから僕の指はつながってるけど、通常なら指をつめてしかるべき下手うちばかりだった。

そう、20代まで僕はヤクザだった。そんな僕が弁護士をしている。

今では弁護士バッジをつけて裁判所に出入りしているけど、20代の僕はヤクザのバッジをつけて義理場（葬式や襲名などヤクザの儀礼の場）へ出席していたのだ。

ヤクザといっても、エリートヤクザからしょうもないチンピラまでいろいろいる。僕は、ヤクザの中でも落ちこぼれ、覚醒剤に溺れるどうしようもないポン中ヤクザだった。クスリにぼけて大事な会合を無断欠席したり、クスリを買うために事務所当番を抜け出してそのまま戻らなかったりとクズ中のクズヤクザだった。

それが、今では弁護士として、社会的地位と信用を得てマトモな仕事をしているのだから、当時の僕の仲間はみんな驚いているだろう。


僕はこの本を、人生に失敗したと感じている人たち、特に逮捕されていたり刑務所にいるみんなに読んでほしいと思って書いた。

警察の留置場に差入れられた『だから、あなたも生きぬいて』（大平光代著／講談社）を読んだ僕が大平弁護士に感銘を受けて弁護士になったように、僕のこれまでの生き方をなにかの参考にして人生のやり直しを考えてもらいたいんだ。

本書でも説明するけど、僕が意識した生き直しのコツは、「生活リズムを朝方に整える」「人間関係を取捨選択する」「しつこくなる」の3点。これだけで、かなり生きやすくなった。長々と本を読むのが苦手な人は、この3点だけでもヒントにして人生のやり直しを検討してくれたらうれしい（188P参照）。

僕がそうであったように、人生のやり直しが「遅すぎる」なんてことは絶対にないはずだ。

元ヤクザ弁護士　目次

第一章　僕が不良になるまで

頭のいい子ども

福島県いわき市出身の僕は、高校生くらいまで特別グレていたわけではない。

最初に言っておく。子どものころの僕は超がつくほど成績優秀だった。通っていた塾の先生も「今まで見てきたなかで一番頭のいい子どもだ」と舌をまいていた。

ヤクザから司法試験にチャレンジしようと思ったのだって、自分は人より数段頭がいいからやる気になればいけるだろう、という目算があったからだ。

幼なじみからも、

「お前が弁護士になったことにまったく驚かない。『ビリギャルから慶應大学』みたいなのとはぜんぜん違う」

と言われる。このことはお伝えしておくべきことだという気がするから強調しておく。もともとのバカが根性だけで司法試験に合格したわけじゃない。

中学生のころは４００人くらいの学年で何回も1位だったし悪いときでも10位以内くら

いには入っていた。所属していた野球部は不良っぽい仲間が多くて高校に行かずに暴走族になっちゃうようなワルもいた。そんな仲間にかこまれていても、僕はそれほど努力もせずにいわき市一番の進学校へ進んだ。

高校入学時は、その進学校のなかでも上位のほうだった。30年くらい前だったから成績優秀者みたいなのが廊下に貼り出されていて、たいがい僕の名前も載っていた。

高校での部活は応援団に所属した。甲子園に行くような野球強豪校だったから、とてもじゃないけど野球部に入ろうとは思わなかった。応援団の練習は身体と精神を鍛える健全なもので、右寄りな思想や不良っぽいマインドなんてひとつもなかった。

中学のときに父親がガンで死んだ。

僕にとってこのイベントは大きなことだったようだ。自分では「そうなんだーもう会えないのかー」くらいの受け止め方だったつもりだけど、まわりのみんなが口をそろえて「お父さんが死んでから変わっていっちゃったよね」と言う。

父の死がショックだったのか？　と言われたらそれはないと思っている。ただ、二人暮らしになった母と家にいるのがなんとなく嫌で、高校生の僕は、深夜まで遊び歩くようになってしまった。

夜中まで遊んでいるから、朝起きられないか起きられても眠たくて仕方ない状態だった。学校を遅刻したり休んだりすることが増えていった。学校への連絡を母に頼めないからゲームセンターのおばちゃん店員に学校に電話をかけてもらったりした。

だからといって犯罪に手を染めるとか暴走族に加入するとかの非行に走ることはなかったけど、今になって思いおこすと、この生活リズムの乱れが、その後の不良への道につながっていた。

高校2年までは「東大に行きたい」と言えるくらいの成績だったけど、高校3年生くらいからはそんなこと言うのも恥ずかしいくらいに成績がふるわなくなった。

深夜に友人らと酔っ払ってフラフラしていたところを補導されて数日間の停学処分を受けたりもした。これまでの人生でたくさん警察のお世話になったけど、パトカーに乗せられたのはこのときが初めてだった。

そんなことがあっても、生活リズムを改善するつもりにはならなかった。友だちと集まって受験勉強しにいくと母に言って、毎日のように深夜のファミレスに友人たちと集まっていた。

高校2年から居酒屋でバイトした。お客さんとバカ話して飲みに連れて行ってもらったり、学校ではできないような経験ができて、それでいてお金までもらえるなんて最高だった。僕は、生来の性格が接客業に向いていると思う。人と接することが好きだ。

このバイトは、お金のためというより、遊び感覚だった。別に小遣いに困っているわけではなかった。

僕の家ははっきりいって普通より裕福だ。母子家庭だと貧困な家庭を想像する人が多いけどまったくそんなことはない。ヤクザをやめて数年間、仕事をしないで受験勉強に専念させてもらえるくらいの経済的余裕があった。

僕は、間違いなく環境に恵まれていた。だからヤクザを辞めて7年くらいで司法試験に合格できた。やる気になれば、誰でもどんな状況でも弁護士になれる、そんなことを言うつもりは毛頭ない。

それよりも、そんな環境に育った僕がなぜヤクザになるまで落ちぶれていったのか?を知ってほしい。そして、どうやって本来の自分を取り戻したのか。僕のヒストリーを読んでもらうことで、みんながそれぞれ抱えている問題に対処するヒントになるのではないか。

少年期の僕には、

・継続力がない
・人に流される

という大きな欠点があった。

子どものころの僕に圧倒的に欠けていたのは、コツコツ努力する継続力だ。器用だったから何をやってもすぐに一定のレベルに行くけどとにかく飽きっぽくて長続きしない。一人っ子ではっきり言って甘やかされて育てられたから、人と競争するような闘争心もまったくない。いろんなことに興味を示したけど、どれもちょっと手を出してはすぐに投げ出した。

それと、人に流されやすい欠点。周りにいる人たちに同調して方向を決めるだけで、自分の意見がない。家族に同調するならまだ良いけど、家族よりも友人たちとの関係を選んでしまった。

特に父親が死んでからは、その傾向を強めた。少年期によくあることだと思うが、親から独立した存在だと思われたい・思いたい欲求が強く働き、母が好まない生活・行動・世界に足を踏み入れていった。

さて、大学受験はぜんぜんダメだった。勉強してないのだから当然だ。センター試験も受けたけど、午前中くらいでいやになって帰ってしまった。ゲームセンターで時間をつぶして受けたふりだけして家に帰った。

そして、僕は東京の予備校へ通うために上京することにした。センター試験を終えてすぐに予備校に行くと決めたから、2月と3月はホントにめちゃめちゃな生活になってしまった。友だちの家を泊まり歩いて何日も帰らなかったし、食事の時間もぐちゃぐちゃで昼夜逆転生活だった。

このように生活リズムを崩した状態で親元を離れて東京へ行ったことがそもそもの間違いだった。

生活の乱れからくる自律神経失調症だったと思う。生活の乱れは僕の気質にも影響を与えて、上京してからは、粗暴で反社会的な性向が顕著になっていった。

僕のことを「サイコパス」と指摘する人もいるが、高校生くらいまではいたって普通の少年で反社会的な性向はまったくなかった。

僕に関しての犯罪性向は先天的なものではなく、環境による後天的なもののはずだ。先天的なもので遺伝するとしたら、犯罪者の子もまた犯罪者になるというまったく承服できない差別的価値観が生じてしまう。反社会的性向は、あくまで後天的な環境によって形成されたものだと考えたい。

そして、僕を不良にさせた重大な環境要因は、生活リズムを崩して昼夜逆転してしまったことだ。

上京

大学受験浪人のために上京して、予備校の寮で生活を始めたが、この寮を半年もたたずに退寮させられた。

なんで退寮させられたかの理由はよく覚えてない。予備校へまったく通わずに雀荘にいりびたっていたし、酔っ払って寮の庭でギャーギャー騒いだり、禁止されていたタバコを堂々と吸っていたりしていたからだったと思う。

一緒の高校から7人くらいこの寮にはいって、高校の後半からちょっとだけグレていた僕は、我が物顔で寮生活を送っていた。

警察にお世話になったことも何回かあった。未成年なのにそこいらでタバコや酒を飲んでいて注意されることはしょっちゅうだったし、原付バイクを盗んで警察に補導された件もあった。このバイク窃盗は、家庭裁判所に送致されることなく、船橋市警察に母親を呼ばれて厳重注意ですんだ。

予備校の寮は、千葉県の市川市と船橋市の境目あたりにあった。総武線の本八幡駅前は、金曜日や土曜日の夜ともなるとギャングみたいなかっこの同年代がよくたまっていた。「KGB」という不良グループだった。

グループと直接的にやり合ったことはなかったけど、メンバーの関係者らしい一人と昼間の道ばたでケンカしたら、翌日からガラの悪いのがたくさんそこらにいて、しばらくその道を避けていたことがあった。地元の不良グループと対立するほどの根性はなかった。

寮の仲間とは仲が良く、みんなでゲーセンに行ったり、麻雀をしたりして遊んでいた。寮生活は毎日が修学旅行みたいな楽しさで、勉強なんて手につくはずもなかった。半年くらいで退寮になったけどここの生活はすこぶる楽しかった。

お茶の水の予備校では、地元東京の不良グループの連中ばかりとつるむようになってしまった。まじめに勉強に打ち込む予備校生たちとは、残念ながら仲良くならなかった。たいがい予備校の喫煙所で友だちになったけど、未成年でタバコを吸っているわけだからマジメな学生のわけがない。

田舎者だった僕は、彼ら都会の不良に対してある種の憧れがあった。

予備校で知り合ったなかには、東京でそこそこ名前が通っているような不良もいた。そんな不良連中の地元に遊びにいったりして、僕は運動部出身で体格がよかったからだろう、不良グループにも快く迎えいれられた。そして、彼らと街に繰り出しては、一緒にケンカばかりしていた。

上京して数カ月後には、僕もいっぱしの不良になっていた。

あっという間に予備校の寮を退寮させられた僕は市川でアパート住まいを始めて、さらに深刻な昼夜逆転生活に陥った。朝8時くらいに寝て夕方5時ころに起きて遊びに出かけるようなクズ生活だった。

アパート暮らしで昼夜逆転。

何度も言うが、不良になってしまった根本的な原因は生活リズムの乱れにあった。寮にいたときはそこそこ真面目な友人らとも一緒だったけど、アパート暮らしになってからはほぼ不良仲間とばかり遊ぶようになった。

毎晩のように新宿や渋谷で朝まで遊び歩いて、バックは関東連合だとか横浜のバイクチームだとかそんなことを言っているような連中とばかり一緒だった。そして、そんな連中と遊び歩いていれば、ヤクザと関係していくのも当然の流れだった。

そういえば、新宿で遊んでいたら、ヤクザと自称するお兄さんから15万円をだまし取られたことがあった。

「わけありのロレックスを売ってやる」と言われてATMでおろした15万円を渡したら、ビルに入っていってそのまま降りてこなかった。だまされたと気づいて、新宿を探しまわったけど見つかるわけがない。あのお兄さんがヤクザだったのか詐欺師だったのか分からないけど、この程度のおもしろいアクシデントはよくあった。

ヤクザは羽振りよくおごってくれるから、僕らも頭を下げて、タバコには火をつける、当時の不良にとってヤクザとはそんな存在だったと思う。

覚醒剤を使い始める

覚醒剤に手を出したのは上京してすぐだった。

覚醒剤は、僕の人生に圧倒的な影響を与えた……。

弁護士になった現在、僕は、薬物事件の依頼をたくさんいただく。ドラッグ密売に深く関与していた昔の人間関係で頼まれることもあるが、弁護士になってから築いた関係からの依頼も多い。僕ほど薬物事件の依頼の多い弁護士は珍しいだろう。

僕が自分の経歴を彼らに打ち明けて依頼をもらっているわけではない。それよりも、薬物にはまってしまった依頼人たちへ親身に寄り添ったアドバイスができているから、彼らの信頼を勝ち取れたのだろうと思う。

ある意味では当然のことで、薬物にはまっていくメカニズムの理解や薬物依存から脱した経験のある弁護士なんて、たぶん僕以外にいない。僕は、薬物事件の依頼者にとって非常にレアな存在で、彼らに心から寄り添い、現実的な回復の道すじをアドバイスできる弁護士なんだと思っている。


覚醒剤を初めて使ったのは予備校だった。

喫煙所で話していた友人が唐突に覚醒剤パケを自慢げに見せてきて「一緒に吸う?」と笑った。僕は、さも経験があるような素ぶりでその誘いに同調して、一緒にトイレで覚醒剤をあぶった。

正直、このときに覚醒剤の薬効はまったく感じなかった。量が少なすぎたし、初めてあぶった僕はきちんと煙を吸い込まなかったのかもしれない、もしくはその予備校生のネタがだめだったのかもしれない。ただ、ボールペンの透明筒状部分をストローみたいに咥えて、アルミホイルにのせた結晶をあぶる異様な光景が脳裏に焼きついた。

それ以来、僕はその友人から、定期的にネタを仕入れるようになった。

そういえば、シンナーも何度か吸った。ほんと数えるくらいだけど。

新宿駅に立っているあやしいお兄さんが「何本？　何本？」と声をかけてくるのがおもしろくて、友人と買って吸ってみた。赤まむしの瓶に入っている液体をビニール袋に入れてスーハーしてみた。

あっという間にバカになってしまうから、どんな気分だったとか説明できないけど、あれだけバカになれるものはなかなかない。記憶も残ってないから気持ちよかったのかどうかも分からないけど、後から周りの人に聞くとかなり楽しそうにしていたようだ。

「六本木のクラブで声をかけてきた知らない外国人からドラッグを買った」という薬物入手ルートの弁解を、弁護士になってからよくみる。でも、僕はこの弁解に疑いをもっている。

僕は、クラブ遊びが苦手だった。あのうるさい空間で何をするのかよくわからなかったからだ。けど、六本木のクラブイベントに用心棒として呼ばれることが何度かあった。主催者から奥の部屋に通されて友人たちとビデオ映画をながめながら覚醒剤をあぶっていた。

クラブ遊びをしているような連中は、錠剤のドラッグを好んで使っていた。僕はシャブに夢中だったから錠剤は飲まなかったけど、完全にいっちゃった目をして踊り狂っている連中の姿をみて、さすがの僕もおそろしさを感じたものだ。

ただ、ドラッグ密売の声かけをしているような外国人というのはどこのクラブでも見なかった。


大麻もよく使った。

タバコの箱にジョイント（大麻をタバコ用に紙巻きしたもの）を入れている者が仲間のうちにいて、火をつけたジョイントをみんなで回し吸いした。

みんなでゲラゲラ笑って、お菓子やジュースがすごく美味しく感じた。

それなりにハイになって面白かったけど、でもやっぱりシャブのほうが格段に気持ちよかった。ハッパは音が深く広くゆっくり聴こえるという薬効があったから、音楽をやっている人たちが手を出すというのは納得だ。

僕と同世代には、これくらいのドラッグとのつながりをもってしまった人が多いのではないか。25年くらい前の東京の若者にはドラッグが蔓延していて、高校のトイレでシャブをあぶっていたようなやつも多かった。若いうちにやめられればいいが、ずるずると使い続けてしまっている同世代もいるだろう。早めに病院や自助グループとつながることをお勧めします。人生１００年時代だから40代や50代であきらめちゃだめです。

雀荘に入りびたる

とにかく麻雀が好きだった。

毎晩、深夜12時頃までは繁華街をうろついて、12時ころから朝まで雀荘で麻雀をしていた。

メンツはいくらでも集まったし、麻雀ができないやつにはやり方をちょっと教えて卓につかせてカモにした。

麻雀が上手くなってくると、フリー雀荘へも出入りして、知らないおっさん達とも卓を囲んだ。

麻雀は、健全に楽しめるゲームだと思う。ただ、出入りしている人たちはまったく健全じゃなかった。ヤクザとか不動産ブローカーとか水商売とかの怪しいおっさんがいっぱいいたし、シャブの売人もいた。

仲良くなった売人と連絡先を交換してからは、友人ではなく売人から直接シャブを仕入れるようになった。そして、シャブを友人から分けてもらう側だった僕は、友人に譲ってあげる側になった。人に譲るときは、手間賃を乗せたり、中身を抜いたりして、だんだんとシャブの売人まがいのこともしはじめた。

後で書くが、アニキと出会ったのも雀荘だった。

麻雀は、深夜営業していることとお金を賭けてやることが、僕によい影響を与えなかった。

19〜20歳くらいを思い出すと、麻雀をしていた記憶ばかりだ。それはそれで完全に無駄だったとは言わないけど、ここまでのめり込んでいた自分にすごいなと感心する。飽きっぽかった僕が人生で初めて夢中になったことかもしれない。

のめり込んでしまった重要な要素として、お金をかけるギャンブル性がある。しかし、ギャンブル依存の人たちがよく「これまでに○○万円を無駄にした」みたいなことを言うが、僕は使ってしまった金額の問題よりも、ギャンブルで浪費した時間と体力の非生産性が問題だと思う。

パチンコにしろ麻雀にしろ、ものすごく集中して長い時間をギャンブルに熱中してしまう。当然その体力的しわよせと時間のしわよせが日常生活を侵食する。

ギャンブル依存によるダメージは、お金ではなく体力と時間の浪費にある、僕はそう考えている。

大学受験に失敗して二浪

そんなクズ生活をおくっていたから、一浪目の受験も失敗。関西の某大学にひっかかった記憶があるけど、このころの僕は東京生活に夢中だったから関西の大学へは行かなかった。

そして、二浪目が始まったけど、予備校の申し込みすらしなかった。母から予備校代だけもらって使ってしまった。「予備校は必要ない。図書館で勉強すればなんとかなる」とか言い訳してシャブを買ってパチスロに並んでいた。

ただ二浪目、東京生活2年目のころは、シャブの友人らへの横流しで、ある程度の収入があった。就職氷河期とか言われて「大学卒業してもまともな就職先がない」とニュースで見ながら、シャブで楽して稼げていたから、大学に行きたい気持ちはかなり減少していた。


このころ、いきつけの定食屋のおばちゃんに促されて、夕方の2時間だけうなぎ屋でバイトした。このうなぎ屋バイトは楽しかった。僕は客商売が好きだ。

昔ながらのスタイルで、通りからすぐ見える焼き場で煙をもくもく上げながらうなぎを焼くから香りにつられて通行人が立ち止まる。僕は焼き鳥の係りだったけど、通行人に「美味しいよー！」とか声をかけながら、焼き場にたっていた。

下町だったから、お客さんたちとも馴染みで、「もろちゃん、ちゃんと勉強してんの？」とか声をかけてもらえた。

19〜20歳くらいのこのときのバイト体験は僕の人生で非常に役立っている。お客さん達との適切な距離感、いい感じに力を抜いた品質へのこだわり、そして元気よく楽しく働く。

客商売の基本的な姿勢を店長から教えてもらった。今の弁護士業でもこのスタイルを貫いている。店長には本当にいろいろ教えてもらった。もしこれを見たらあの時の店長、連絡ください！

それと、地元のいわき市の後輩が上京してきたから、そいつの家に入り浸ってテレビゲームばかりしていた。さすがに後輩の前でドラッグはしなかったけど、麻雀をよくした。イカサマの練習をして、連れ立ってフリー雀荘へ行って小銭を稼いだりした。25年前の雀荘でイカサマが見つかったら、袋だたきにされただろう。

不良仲間との交友ももちろん継続、というかみんなにシャブを売る立場になっていた。それと、5万とか10万とか金を貸して10日一割の金利をもらったりし始めたのもこのころだ。母からの仕送りは十分あったのに、バイトやシャブの密売で人に貸すほど金をもっていた。

僕は器用だから、すぐに人を追い抜く。不良の世界でも、田舎の高校生からほぼヤクザみたいな不良になるまであっと言う間だった。

今思い出してもどうしようもない浪人生だ。

こんな感じで、二浪目も一浪目と変わらないクズ生活。大学受験はまったくダメだったけど、奇跡的に1つだけ吉祥寺の某私立大学にひっかかった。

第二章　ヤクザの世界へ

大学生活

所属した学校や組織名は伏せるつもりだけど、エリアを伏せるとまったく伝わらないのでエリアはそのまま書く。

僕が二浪した末にひっかかって入学させていただいた大学は、中央線の吉祥寺にあった。元総理を輩出したようなおぼっちゃま学校だ。当然だが、僕は、大学にまったく馴染めなかった。

先に言っておくと、1年生で4単位くらいしか取れず2年生になったくらいでとっとと中退した。「在学していた」と言うのがはばかられるくらい、まったく学校活動に関与しなかった。

ただ、バイト先の雀荘で知り合った大学の先輩に誘われて所属したゴルフサークルの仲間たちとは変に気があって、この仲間たちとは未だに仲が良い。大学生活よーいどんのときから半分ヤクザみたいな僕だったけど、なぜかこのサークルだけは僕を受け入れてくれて、大学を辞めた後も飲み会などに呼んでくれた。サークル仲間の一人は、僕が司法試験に合格したとき、涙ながらに喜んでご祝儀を10万もくれた。

ちなみに、僕のゴルフの腕はまったく上がらなかった。ぜんぜん練習にいかなかったから当然だ。というより、サークルに所属していただけでゴルフなんてしなかった。

弁護士になってから「中退したのは法学部ですよね？」とよく聞かれるけど、経済学部だった。どちらにしろほとんど通ってないのだから、経済も法律もあったものじゃない。

僕は、司法試験なんて目指してなかったし、就職氷河期真っただ中だったから、大学の間に仕込んでおいてベンチャー起業をしようくらいのつもりだった。

サークルに法学部の先輩もいたけど、司法試験を目指しているような人は確かいなかった。

大学生のころの記憶で忘れることができないのは、アパートで火事を出したことだ。

水商売バイトあがりの朝7時ごろ、店からパクってきた烏龍茶パックを煮出そうと鍋にかけたまま寝てしまって、気づいたときには消防士に抱えられて救助されていた。このとき僕以外にも何人か助けだされたけど、当時の僕の部屋は半グレのアジトみたいなことになっていて、吉祥寺の水商売のやつらがたくさん出入りしてはドラッグなどの良からぬことばかりしていた。火事を出した日も、みんなで大麻かなにかダウン系のドラッグをしていたのだと思う。このころは、シャブの切れ目で気絶するようなことはまだなかったはずだ。消防士に助けだされたとき、ギャラリーがいっぱいいるなか、ススだらけの顔を突き合わせて仲間と爆笑した。「命びろいした」とかじゃなく「やべー！　うけるー！」だった。完全に頭がイカれていた。

火事を出したアパートは当然追い出されて、アニキの紹介で三鷹の競売物件アパートに引っ越した。

アルバイト

大学に入学してすぐに雀荘でバイトを始めた。浪人時代からフリー雀荘に通いまくっていたから、麻雀の腕には自信があった。

雀荘の勤務形態は、昼番と夜番との交代制だった。僕はバイトだったけど、夜番に働くことも多かった。どうせ朝まで遊んでいる生活だったから、夜に働くことは苦にならなかった。

でも夜番の仕事終わり、朝9時ごろから従業員みんなで居酒屋やパチスロに行くのはよろしくなかった。一晩寝ずにいた脳は異常な興奮状態で、酒やギャンブルとの相性がバツグンによかったのだ。

僕はよく人に「麻雀で人生がおかしくなった」と言い訳するけど、正確にはこの雀荘バイトで人生を狂わせた。麻雀業界のみんなから怒られるかもしれないが、雀荘バイトは、従業員仲間にろくなのがいなかったし、知り合ったお客さんもヤクザや詐欺師まがいの連中ばかりだった。

そして１９９７年、僕が20歳のころ、バイト先雀荘でアニキと知り合った。アニキは吉祥寺のヤクザだったけど、武蔵境の親分の実子だった。八王子を除く当時の中央線沿線の都下をナワバリにして吉祥寺に本部をおく老舗の会社だった。

ヤクザ業界のことを書くとそちらの業界のみなさまからたくさん訂正の連絡をいただき

そうで、それも手間をかけますからこれ以上はあまり書かないようにします。

短い大学生活の中で、雀荘のバイトもしたけど、水商売のバイトもした。吉祥寺駅の南口でキャバクラのビラをもって立ちんぼした。客引きしながら他の店の立ちんぼ連中とくだらない話ばかりして仲良くなった。毎日5時間くらい駅前に立っていたから、水商売の人間関係がどんどん増えていった。

そして、吉祥寺の水商売連中にもシャブを捌いた。その連中を相手にシャブの密売をすることで、ドラッグのマーケティングスキルをどんどん向上させていった。

密売はアニキの指示でしていたけど、アニキは僕にあがり（分け前）を要求しなかったから、僕の方から2万とか3万とかを封筒に入れて月に2〜3回アニキに持って行った。

カスリ(みかじめ料)なんてだいたいこんなもんだ。ヤクザから要求されるんじゃなくて、商売してるほうが勝手に適当な金額を持っていく。アングラ社会で商売するやつは、ヤクザの看板に守られないとやっていけないのだ。また、ディフェンスだけでなくヤクザの看板をチラつかせることで商売を優越させる積極的な目的もある。

そういえば、水商売の仲間から、アムウェイとかのネットワークビジネスによく声をかけられたこともあった。

3LDKくらいのそこそこ立派なマンションに連れられていくと、ホワイトボードの前に体育座りさせられて、「テレビCMの広告業界がもうけすぎている」、「この世の中の流れを変えませんか？」みたいなことを真剣に語るお兄さんお姉さんの演説を聞かされた。

サクラだと思うけどその場で加入を申込みしちゃうようなバカも現れるから、カモとして連れられてこられた僕らは「入らないとあかんのか」みたいな不安な気持ちにさせられた。

それでも、僕は一個も加入しなかった。「みんな入ってるよ」みたいな同調圧力にめっぽう強いし、むしろだましうちのように僕を誘った友人への怒りの方がすごかった。

僕は騙されたことに対する報復的思考が異常に強く、友人のことをそいつらの前で怒鳴りちらしてお足代として1万とか2万とかの封筒をもらったこともあった。その時は怒りが勝って入らなかったけど、僕はああいう胡散臭い仕事が結構得意だから、ビジネスに乗っかっていたらそれはそれで今ごろ違った人生だったろう。

それと、僕には彼らの演説は響かなかった。情報が金になるのは当然だという感覚をすでにもっていたからだ。

シャブの密売も、売り手と買い手をつなぐマッチングサービスみたいなもんだ。一部の支配層が情報をコントロールして世の中を自在に動かしていると聞いても、込み上げてくるものは何もなかった。シャブの密売をしてそこそこ儲けていた僕には、世の中の仕組みを利用して莫大に儲けている奴がいようがいまいがどうでもよかった。

大学はほとんど行かなかった。

たまに学校へ向かっても、門の前にある「ラーメン二郎」の行列に並んで、大ダブルをスープまで飲むともう授業に出る気はゼロだった。なぜか「ラーメン二郎」にやけにはまって、週4くらいで食べていた。

二年生になってすぐ大学を中退した。

アニキの若い衆になる

アニキとはバイト先の雀荘で知り合った。

僕は一目瞭然の不良大学生だっただろうから、初対面のアニキはすぐに僕をメシに誘った。別にヤクザとメシに行くくらい怖いともなんとも思っていなかったから、ホイホイついていってご馳走になった。

それからはしょっちゅう呼び出されて一緒に飲み歩いたり麻雀したりするようになって、アニキは僕のことを「オレが面倒みてる○○大学のモロハシ」と人に紹介していた。アニキと行動を共にしていると街の人が僕のことも立ててくれるから、自分までヤクザになったような勘違いをした。


いろいろあってアニキは吉祥寺の会社から破門された。

僕は一応大学生だったから、アニキが一家から破門されようがなんら変わらずにアニキについて歩いた。アニキはさぞや僕のことがかわいかったろう。

ところで、アニキは僕より27個も年上だったから親子みたいな歳の差だ。オラつく粗暴なタイプではなく、紳士的な所作の人たらしだった。身のこなしがカッコよくて優しかったし、僕にも周りの人たちにも無理なことを求めることはまったくなかった。街のみんながアニキのことを慕っていた。中学で父親を亡くした僕は、アニキに父親的な存在を求めたのかもしれない。

出会って半年後くらいには「アニキ」と呼んですっかり若い衆になっていた。

アニキは僕にシャブをおろしてくれた。

「渋谷に金貸しの事務所をだすから、それまでは吉祥寺で水商売しながらシャブを捌いとけ」

という指示だった。ちなみに、アニキはもともとシャブをまったくやらない人だった。ヤクザでシャブをやらないのは本当にレアだ。僕が「やりません。売るだけです」と言ってシャブを欲しがったから、僕に合わせてシャブの仕入れをしてくれた。

こんな感じで、僕は大学生でありながら、アニキの若い衆になった。

ここまでの流れを読んでもらって分かると思うが、僕はヤクザになって犯罪に手を染めたのではない。犯罪者だったから、自然な流れでヤクザになっていったのだ。

刺青を入れたのも大学生だった。

アニキに連れられて渋谷の親分のところに行って彫り師を紹介してもらった。アニキは親分のことを「おやっさん」と呼んでいたから、このときには渋谷の一家にいくことが決まっていたようだ。

道玄坂の上にあった渋谷の事務所では、いかつい若い衆が5人くらい揃いの代紋入り戦闘服をきていて、吉祥寺の事務所とは活気が違った。親分は「お前か、悪い大学生ていうのは。金は俺が出してやるからびっちり入れてこい」と刺青の面倒をみてくれた。このときはさすがにシャブを身体に入れてなかったと思うけど、親分のすごい迫力と貫禄で、大学生の僕は喉がカラカラになってかすれた声で「はい」と返事するのが精一杯だった。この人が自分の親分になるんだと、この日の帰り道に思った。

渋谷の親分の紹介で、横浜の彫り師のとこへ通った。

背中にガクで入れたけど、最後まで仕上げずに通わなくなった。彫り師の先生はいい人だったけど、シャブ中だった僕は予約を何度か寝バックれてしまって彫り師の先生に顔を合わせられなくなってしまったのだ。先生、あの時はほんとすみませんでした。まだ生きてるかな。

仕上げたかったなと今でも思うけど、まあハンパもんの僕にはこのハンパな刺青がちょうどいい。

大学をやめると、アニキから「神田のヤミ金で修行してこい」と指示された。バチバチにガラの悪いスーツを買ってもらって、頭はパンチをまいて、神田のヤミ金で働きはじめた。

ヤミ金

ヤミ金をしていたときは、たくさんの被害者の方たちにひどいことをした。ここに書くのは控えようかとも思った。しかし、僕が犯罪性向を強めていった過程、20歳そこそこの青年がヤクザになっていく特異な経緯を残すことは、何かしら意味のあることだと思い書くことにした。

被害者のみなさまには、当時の僕の非道及びこの記述が与える嫌悪感に対して謝罪させていただきたい。誠に申し訳ございません。

神田のヤミ金で働き始めたのは、21歳のときだ。社長はアニキと仲の良いヤクザで、赤坂の一家に身を置いている人だった。

ヤミ金とはいえ、店舗を構えて、貸金業の登録もしていた。そのころは090金融というのはまだなくて、ヤミ金もみんな実店舗を構えて対面で貸付していた。

金利はべらぼうだった。10日間で3割という法外な利息をとる悪質なやり方だ。しかも、金利先取りといって10万を貸したら金利3万を引いた7万しか渡さない。借用書には10万円と書き入れて返済期日は10日後とする。

しかも、この10日は初日も算入するし、土日は前倒しという極悪ぶりだ。金曜日に借りてしまうと、初日算入の10日後が日曜日だから、返済日は次週の金曜日と1週間で返済しなければならない。

10日後に10万円で完済できる客はほとんどいない。みんな、金利3万だけ持ってきて

「ジャンプ」(さらに10日後に10万円を返済する契約に巻き直す)する客がほとんどだった。7万しか渡さないのに3万の金利で2回ジャンプして3回目に完済すると、合計16万だから倍以上返すことになる。こんなアホみたいな金利でなぜ借りるのか? しかも月頭に借りて10日後じゃ給料日に届かなくて返済のあてもないだろうに、それでも借りる客は後を絶たなかった。

赤坂の一家なのになぜ神田という土地だったのかというと、神田がヤミ金のメッカだったからだ。

神田にはヤミ金が密集していて、ヤミ金のジャンプ金を他のヤミ金が貸して、そのジャンプ金もまた他のヤミ金で借りさせる。ヤミ金が固まっていた方が、このシステムがまわりやすい。そうしてヤミ金密集エリアが形成されていったそうだ。

お客は、多重債務すぎて借金の総額もよく分からず、家族や会社に借金をバレたくない一心で、後先考えずに借りまくっていた。借入れを始めたきっかけはパチンコだという人が多かった。こんな忙しい金を借りた客は、10日後どうするのか？　他のヤミ金で借りて金利ジャンプするだけだ。給料日に完済したところで、すぐに生活費に困ってまた借りに来る。そのうち給料日にもジャンプ金しか入れられなくなって、雪だるまをスキージャンプ台でころがすような勢いで借入が膨らんでいく。

スジの悪い客に貸すから、取り立ては苛烈を極めた。他のヤミ金より先に金をつめさせないと、取りっぱぐれてしまうからだ。

期限の日の15時に入金がないとすぐに会社や親族へ電話をかけまくった。あえて21時や朝7時を狙って家族のいる家に行く、不在の玄関ドアに「連絡よこせ！」の貼り紙をはる、「つけ馬（金を回収するまでずっとついて歩く）」して他のヤミ金へ借りに行かせる。すべて違法だが、当然の回収方法としてみんなやっていた。

当時はヤミ金の規制がまだ緩くて、僕は貸金業法違反や恐喝などで逮捕されることはなかった。現代でこれをやったらすぐに逮捕されるだろう。

このヤミ金の社長にはかなりしごかれた。

社長は、ゴリゴリの金貸しヤクザで、取り立てのいろはを叩き込まれた。ガムテープで受話器を右手に貼り付けられて一日中取り立ての電話をかけ続けさせられたり、「『つけ馬』して回収するまで帰ってくるな」と言われて多重債務者のおっさんと2週間くらい寝食を共にしたこともあった。

「生き直しのコツ③ しつこくなる」については後から書くけど、しつこさが社会を生き抜く上でとても大事だという考えは、実はこの社長に叩き込まれた。しつこさがあれば大概のことはうまくいく。このしつこさが大学受験のときにあったら、東大だろうが楽勝だったただろう。しつこくなれたおかげで、僕は、司法試験にも合格できた。

継続力がない→人生におちぶれる→ヤクザになる→しつこさを身に着ける→ヤクザをやめて弁護士になる

という流れだ。しつこさは、僕の見つけた最強のソリューションだ。

社長からはとんでもないパワハラを受けた。

しょっちゅうリンチされたから、パワハラなんてもんじゃない。身体が強かったから少々のヤキはなんともなかったけど、性格がしつこいから2時間くらいシメられたりした。

25年も経ってるし社長はもう他界しているから「鍛えてもらって感謝してる」なんてことが言えるけど、当時は相当やられたから、はっきり言って恨んでいた。暴力を受けたことで僕が身につけたことは何一つないし、感謝もしてない。暴力的な言動で人を指導しようとする人が社会にはまだまだいるけど、僕は本当にそういうのが大嫌いだ。

社長の暴力は、思い出として面白いストーリーをありがとうと言えるが、指導方法としては最低だった。

神田のヤミ金をやめた後、アニキとこの社長が揉めたことがあった。

僕は、「サラッちゃいましょう。自分がやります」とアニキに空気を入れた。やはり恨んでいたから、やり返したかったのだ。結局アニキはお人好しだだし、身の危険を察知したらしい社長がすぐにアニキに詫びを入れたから、僕の意趣返しは未遂に留まった。

社長は今から10年くらい前に死んだそうだ。地獄で再会したら、そのときはやり返さないといけない。


ヤミ金の従業員として預けられたはずだったけど、ほぼ組員のようなこともさせられた。事務所当番に付き合ったし、社長の親分の無尽（むじん）（人を募って金を融通しあう会合）を手伝わされたこともあった。この親分は、僕のことを社長の若い衆だと思っていただろう。弁護士になってから仕事のことでこの親分に連絡することがあって、「あのときのモロハシです」と言ったら、ひどく驚いていた。

社長が所属していた赤坂の一家には、縁を感じる。いまだに、この一家とその関係者から弁護を頼まれることが多い。そもそも有名な一家だから構成員の人数が多いというのもあるけど、それだけでは説明ができないくらい関わりがある。昔のつながりと関係なしに依頼されて、いきなり接見に行ったら「モロハシか！お前どうやって入ってきたんだよ。すごいな弁護士のバッジなんかつけやがって！」と驚かれたこともあった。

もちろん、現役ヤクザと外で一緒にメシを食うようなことはしない。

吉祥寺の水商売仲間を、何人かヤミ金に引っ張り込んだ。みんなシャブ中だ。刺青を入れたり、ヤクザの事務所当番をしたり、自分がそっちの世界へ行くのはまだしも、周りの仲間までヤクザにさせてしまったことが今では本当に悔やまれる。今も現役のヤクザをしている仲間にも足を洗ってほしいという思いもあるが、誘いこんだ僕がそんなことを言えるわけもない。

社長の所属は赤坂の一家だったけど、三鷹が地元の人で、武蔵小金井の居酒屋で毎日飲んでいた。

僕もヤミ金仲間を連れてよく武蔵小金井で飲んでいる社長のとこへ行った。社長行きつけの居酒屋のマスターにはすごく良くしてもらって、草野球に誘ってもらったり、数年後に逮捕状（覚醒剤の営利目的所持）が出て逃亡したときは店の2階にかくまってくれたりした。今も武蔵小金井の「みよし」という居酒屋で商売している。

当時1997年ごろは、神田には約200店舗のヤミ金があった。電話ボックスにはヤミ金のチラシが100店舗分くらい貼りまくられていた。僕もこのチラシ貼りで5回ほど万世橋警察署に連れて行かれたが、すべて注意で終わった。

神田の街を歩いていると、いかにも「ヤミ金です」というような不良がうようよしていた。僕は社長に指示されて、ヤミ金のハコ10店舗くらいからカスリの集金をしていた。そうして神田のヤミ金で顔を売っているうちに他のハコの奴らとも仲が良くなっていき、次第にシャブを捌くようにもなっていった。

それにしても、20代の僕は完全にシャブの売人だ。ヤミ金とか他のシノギもいろいろしたけど、結果としてシャブの客がどんどん増えていった。収入の大部分がシャブの上がりで、僕に卸していたアニキも結構な儲けだっただろう。

アニキは、吉祥寺の一家を破門されてから短期間で渋谷の一家に移籍できたけど、僕や僕の仲間を通じたシャブの上がりという経済的基盤が要因だったのかもしれない。

今の僕はパンチパーマの弁護士として売り出しているけど、はじめてパンチパーマにしたのは神田のヤミ金のときだ。社長に言われていやいやパンチを巻いたけど、25年後にまたパンチにしてそれを売りにするとは、人生わからないもんだ。

他のヤミ金とは何度か揉めた。

ほとんど電話で怒鳴りあうだけで、後日に相手がボロボロにされて詫びを入れにきた。社長の赤坂の一家はなかなかの金看板だった。それに、このころの関西の組織は東京でのシノギにまだ遠慮があったから、関西のヤミ金が相手でも平気だった。後に世間を賑わせた五菱会と神田でバッティングしたこともなかった。

一度、金に詰まった客を自分のハコに任意同行（ほぼ拉致だったけど、警察の任意同行も同じようなもんだ）させたら、客の携帯に浅草橋のヤミ金から電話があったということがあった。携帯を取らせるだけ警察よりもマシだ。

客が「電話を代わるように言ってます」というので出たら、代紋まで出されて上等をかけられたことがある。

「てめえこっちこいコラ！」

と言われたから社長に連絡したら、

「乗り込んでめちゃめちゃにしてこい」

という指示だった。

どうせ大したことないだろうとタカをくくって、適当に机をひっくり返すくらいしてこようと一人で浅草橋のヤミ金へ行った。浅草橋のヤミ金には20人くらいが集結していて、「やっちまった」と思ったけど、いもを引いて帰ったときの社長のリンチのほうが怖かった。20人相手にちょっとでも日和ったらアウトだ。わちゃわちゃにされてしまう。言い返すスキを与えないくらい怒鳴りちらした。ちょっとでも手を出されたら暴れて二階窓から飛び降りようと思った。フィジカルに自信があるって有利だ。今じゃ絶対にできない。

勢いが良かったのか向こうが引いてくれて、こちらの回収金を立て替えて払ってくれた。さすがにこいつらはシャブの客にならなかった。


神田にいたのは1年ちょっとだ。

アニキがめでたく渋谷の一家に移籍が決まって、道玄坂にアニキのヤミ金のハコを出すことになった。僕が渋谷に行くことについて、神田の社長とアニキが多少揉めていた。とはいえ原因はレンタル期間の認識のズレでしかなく、僕はあくまで預かりだったからすぐに揉めごとは収まった。

神田の社長は、最後の日に50万くらいの餞別を僕にくれた。金の切れが良い人だった。しつこさと金の切れ、これはすべて神田の社長から学んだことだ。

渋谷の一家

「渋谷の一家」といっても、本部や関係施設が渋谷にかたまっていたというだけで、シマは世田谷一帯だった。僕はほとんど渋谷にいたし、世田谷の縄張りがどこからどこまでかなど詳しく分からない。また、渋谷のシマは別の一家のものであることも承知しているが、便宜上「渋谷の一家」と書かせていただきます。

このあたりは大まかな記載になることを業界の方々お許しください。

渋谷に行ってからは本格的に組員としての活動だった。事務所当番はもちろん、義理場などにいくときの親分の護衛や、その他もろもろここに書けないようなことも散々した。

シノギは、シャブの密売やヤミ金など犯罪ばかりだった。シャブとヤミ金以外のシノギは、関係した人や被害を受けた人たちが読んだら嫌な気持ちになるだろうし、犯罪を助長しかねないから書かない。シャブとヤミ金のことについても絶対にマネしないでほしい。そもそもネット犯罪隆盛の現代で、当時の僕のやり方は通用しないだろうけど。

渋谷の一家にいたときは、シノギも頑張ったけど、ケンカをよくした。

とにかくケンカの多い一家で、毎週末のようになんらかの揉めごとがあった。20代や30代が多かったから、みんな血気さかんで、酔っ払っては渋谷でめちゃくちゃ暴れるようなことばかりだった。

このころ一緒にあちこちケンカに走り回った先輩は、後年、地下格闘技興行を立ち上げてすごく有名になった。ちなみに先輩は、一家に所属はしていなかったからヤクザではない。

僕が受験勉強をしていたときには、この人の活躍を雑誌などで見かけて励みになった。今は実業家として成功していて、僕と顧問契約をしてくれている。バット片手に道玄坂やセンター街を走り回った二人がいまはビジネスのパートナーであることに笑ってしまう。

博徒の流れを汲む一家ということもあって、みんなバクチをよくした。

親分が旅行先で盆を開いてくれた。アトサキという花札の丁半バクチだったけど、ルールがまったく理解できないまま適当にあり金をかけていた。毎週土曜日の夕方は、遊び（仕事）に出る前に道玄坂の本部事務所に集まってみんなでチンチロリンをした。裏バカラ屋にも連れ立ってよく行った。

はっきり言って僕には博才がない。すぐに熱くなって手持ちをオールインしてしまう。エモーショナルですぐに熱くなる僕の性格は、ポーカーフェイスにほど遠く、博打にまったく向かない。

博才がないから常に負けていたけど、ポーカーゲーム屋によく出入りした。当時のポーカー屋はポン中の巣窟だったから、シャブの密売をするのに都合がよかった。毎晩のようにシャブを食って一晩中ポーカーゲームをしていたから、ゲーム音が脳の中枢部にメモリーされてしまったようだ。最近になってもダブルアップで一気したゲーム音が脳内に鳴り響くことがある。

おかげで、ヤクザを辞めてだいぶ経った今もギャンブル依存から抜け出せていない。違法なポーカー屋やバカラ屋へ行くことはないが、ＦＸに金を賭けて一日中チャートばかり見てしまうときがある。まだまだ回復の途上だ。

26〜28歳までは、親分のカバン持ちをしていた。親分は渋谷の一家の総長（「二次団体の組長」ということ）で、総長のカバン持ちというのは20代の若いヤクザにしてはなかなか名誉なことだった。常に親分の近くにいるから組織内で一定の立場になることができる。アニキは、僕が親分のカバン持ちになったことを聞いて殊更喜んでいた。

カバン持ちをして、親分からたくさんのことを学んだ。どんなことを学んだのか、月並みなことしか言えないし、ヤクザ礼賛は控えなければいけないから、ここでは書かない。ただ、生き方の様々な部分を親分から学んだし、いまだに真似をしているところも多い。

今はもうヤクザを引退した当時の親分は、僕が弁護士になったことをすごく喜んでくれている。迷惑かけどおしだったけど、「シャブさえやらなければ見込みのあるやつだ」と当時から僕のことを買ってくれていた。

親分のお付きは、カバン持ちの僕と運転手の先輩と二人ワンセットでいつも一緒だった。親分が会食している間など、二人で車に乗って待機している時間が長かった。シャブ屋グループをしきっていた僕はいつでもシャブを持ってこさせることができたから、運転の先輩までシャブに引っ張り込んでしまった。一人でやると寂しいからと、周りの人まで引きずりこんでしまうのがポン中のよくないところだ。

僕と先輩で二人ともシャブを効かしていたから、真冬なんか車の窓が曇ってしまって大変だった。汗を大量にかくのもポン中の特徴だ。

一家のメンバーは家族だった。僕も含めてアホなことする人はたくさんいたけど、とにかく一家と親分とを盛り立てようという共通目的の下に結集していた。事務所で寝食をともにしてまさしく同じ釜のメシを食った仲間、みんな助け合いながら渋谷でヤクザをしていた。

弁護士になった今、「組織を離脱しないんですか？」という検察官や弁護人の無味乾燥な法廷尋問を聞くたびに、その質問では被告人が足を洗わないだろうなと感じてしまう。家族と同等かそれ以上の存在である仲間との関係を「組織を離脱」などという言い方で清算できるわけがない。法廷では「はい、辞めます」と言うが、結局辞めない者のなんと多いことか。

しかし、僕もヤクザを弁護するときはカタギになることを強く勧めている。組織との家族的なつながりは理解してるけど、ヤクザで生きることはあまりに困難な現代だ。

現代社会は、完全にヤクザを根絶させる流れができあがっている。警視庁の4課（暴力犯係）がなくなったことはその象徴だろう。以前は、ある程度ヤクザを生かしておいて裏社会をコントロールしようというお上の意向を感じたけど、それももう終わりのようだ。社会を統率するのに、ヤクザなんかよりテクノロジーに頼ったほうがよっぽど効率的で安全なのだ。

僕は、ヤクザから足を洗った経験があるし、弁護士になってからヤクザの脱会をたくさん手伝ってきた。辞め方や辞めた後の生き方など、具体的なアドバイスをできる。裁判が終わった後の人生の道筋まで寄り添ってアドバイスすることで、口先ではない心底からの「辞めます」という法廷での言葉を引き出せているはずだ。

20代をヤクザとして生きたことは、僕の人格に大きな影響を与えている。弁護士をしている現在も、「男らしく」というのが生き方の中心的な価値だ。暴力や犯罪など負の側面はあまりに大きいが、ヤクザ社会の哲学は人生をたくましく生きるために有用なものと信じている。

渋谷の一家では、おもろしろいことや刺激的なことがもっとたくさんあったけど、ヤクザのことについてここに書くのはこれくらいにしておく。

渋谷でヤミ金

渋谷ではじめたヤミ金は、2年くらいで1店舗から3店舗に増やした。

ヤミ金店舗における僕の役割は、運営の手伝いだった。事業の経営者はアニキで、番頭や従業員はよそからつれてきた僕のヤミ金仲間たちだった。

僕は、貸金の回収を手伝ったり、ヤミ金の従業員や借りる客をよそからひろってくるくらいの関わり方だった。そして、ヤミ金からの分け前はほとんどもらわなかった。

僕の中心的なシノギはシャブだったから、ヤミ金の分け前なんていらなかった。やはりシャブのほうが、ぜんぜん儲かるのだ。道玄坂に集中出店したヤミ金のハコに自由に出入りできるだけで十分なメリットだった。

それに、手持ちのない客にヤミ金からシャブ代を借りさせられたし、ヤミ金の従業員ほぼ全員が僕からシャブを買っていた。これだけの利益を享受できるのだから、たまにヤミ金の仕事を手伝うことなんて喜んで無報酬で引き受けた。

アニキのヤミ金は、そこそこの売上げ成績だったと思う。当時乱立していたヤミ金のなかでは成功していた方だろう。僕がよそのヤミ金の顧客情報を入手してアニキのハコに流していた。よそのヤミ金の客に直接的な電話営業をかけて貸付をしていたのだ。

僕はほうぼうのヤミ金従業員にシャブをさばいていたから、その関係を利用して他店舗の顧客名簿をたくさん手に入れることができた。

そういえば、他店舗のゴミ捨て場を漁ってシュレッダーかけ忘れの顧客名簿をゲットしたこともあった。顧客獲得が何よりも重要で、名簿屋から多重債務者名簿を買うのが主流のやり方だったが、僕は他店舗の顧客情報そのものを入手していた。

渋谷の一家のメンバーや不良仲間から「ヤミ金をやりたい」と請われて、従業員を派遣したりノウハウや顧客名簿を提供したこともあった。これに関してはアニキのハコのノウハウや情報を勝手に流していた。

「もうけた分からいくらか渡すからさ」と頼まれて、分け前なんてもらえたことはなかったけど、僕は自由に出入りできるハコが増えるだけで十分なメリットだった。なんだかんだで自由に出入りできるヤミ金のハコ、10個くらいの拠点があって、それらがシャブの密売に役立った。

道玄坂一帯に10か所も逃げ込める場所があるおかげで、職務質問をダッシュで逃げ切れたことが何度もある。シャブの前科がなかったので職務質問の所持品検査を拒否しても令状は出ないのだが、警察官との押し問答に数時間をムダにすることが嫌だった。

渋谷の一家のメンバーたちと一緒に、よそのヤミ金に乗り込んで5万くらい脅しとるなんてこともよくした。

午後3時ごろに銀行ATMで多数の振込みしているような兄ちゃんを後づけしてヤミ金のアジトを特定、本当はケツモチの有無を確認してから脅すべきだけどそういう手間も煩わしかったから調べもせずにすぐに室内に突入して「誰に許可とってヤミ金やってんだよ！」と凄んだ。

警察を呼ばれることもあったけど、相手はヤミ金だから、警察も「今日のところは帰れよ」くらいで大ごとになることはなかった。

ヤミ金を探しては脅す、相手も連れて飲みに行って脅しとった金で飲む、そいつらとも仲良くなる。ヤミ金のやつらはたいがいシャブを欲しがったから、どんどんシャブの客が増えていった。

僕は、小銭を持ち始めると、同業者に月一割くらいで10～30万くらいの金を貸すこともした。でも、これはシノギというより貸し借りを利用して交友関係と勢力を広げる目的だった。僕は渋谷にいたけど、新宿とか池袋とかのヤクザもよく金を借りにきていた。

気がつくと1000万くらい貸出していて、単純計算で毎月100万の金利だった。でも、相手がパクられて貸し倒れになることが多かったし、ごめんなさいしてくる相手にはたっぷり値打ちをつけて元金だけの分割返済に応じた。トータルの計算をして利益がでていたのか怪しいもんだ。

摘発されたとき証拠になってしまうため、帳簿をつけることはできない。僕は金の計算にさとい方だが、さすがに50件を上回る貸付をしっかりと管理できてはいなかった。それに金利でもうけるつもりはあまりなかったから結構どうでもよかった。

金を借りにくるヤクザもシャブ屋が多かった。返済の金をもってこられずに「商品のシャブで払いたい」と言われたこともあった。同業者のネットワークが広がり、このヤクザ金融もシャブ屋としての勢力拡大に役立った。

ヤクザだったころの僕は「金貸しがシノギ」と公言していた。しかし、ここまで書いた通りで、金貸しにいろいろ関与してはいたけどその金利を生活の糧にしていたわけではなかった。

僕は完全にシャブ屋だった。

第三章　覚醒剤に溺れる

シャブ屋

覚醒剤の密売は主に、

・小売り（エンドユーザーへ販売）
・おろし（小売りにおろす問屋）
・1キロ超の取引き仲介

の3つに分けられる。僕は、このうちの小売りで主にシノいでいた。

密輸は、関わったことがない。密輸する商社のような大規模シャブ屋とは、直接の取引をしたことすらない。そういう大きな商いは、もっと上のほうの人たちがしていて20代の僕なんかは手を出せなかった。

小売り（こばい）

エンドユーザーが「パケ」と呼んでいる小分けシャブの分量は0・2〜0・3グラムだ。小分けを買ってきて中抜きしたり、いくらか乗せて横流しすることも一応密売にあたるだろうけど、そのくらいのことはエンドさんたちもみんなやっている。

「シャブ屋」と言われる売人たちは、10〜100グラムくらいを仕入れてきて、パケに小分けをしてエンドにさばく。

エンドさんと言っても、お友だちの分もまとめて5パケくらいは買いにくる。

「パケじゃなくてグラム（量り売り）で買いたい。自分で小分けするから部屋と秤（はかり）を貸してくれ」

なんて言ってくるエンドさんもいた。こうなってくるとエンドというより半分売人だ。

グラムの量り売りは小分けパケより単価をおさえていた。グラム売りを安く設定して、半分売人のエンドさんたちにセルフ小分けサービスをしたのは、とても好評だった。

毎週末に来る人、毎日来る人、一日に何回も買いにくる人、お客さんたちの購入量や頻度は人それぞれだった。

足代1万円くらいでデリバリーもよくした。

僕は原付でデリバリーしていて、パトカーに追われたときは、狭い路地や階段を使って逃げた。

自分名義の原付だったから、逃げた後日によく自宅へガサ入れがきた。ただ、僕は自宅といってもアニキの事務所に住民登録していて、実際はそこに寝泊まりをしていなかったからガサ入れをされてもいつも空振りだった。

寝泊まりできる部屋はいくつもあったから、毎日いろんなところで就寝していた。名宛人が僕のガサ入れはたくさんあったけど、その現場に僕がいたことは1回もなかったと思う。

僕は原付で職質に対応させられたことはなかったけど、今はどうだろうか？　最近のシャブ業界のトレンドを昔の仲間から聞いていると、ウーバーイーツのカバンを背負って原付でデリバリーするとか、僕のころよりもさらに進化しているようだ。

デリバリー先は道玄坂のラブホテルが多かった。目と鼻の先に僕の密売用のマンション部屋があったのだから1万円も出してデリバリーを頼まずに買いにくればよいところだと思うけど、シャブを持ち歩くと道玄坂の職質が怖いから客はホテルまで持ってきて欲しいのだ。

ちなみに僕のいたマンションはガラの悪いのばかり出入りすることで有名だったから、エントランスに警察官が立って警戒していた。

一度に仕入れる量は、50～１００グラムだった。

仕入れの帰り道中で職質に遭うリスクを考えると、仕入れの量は10グラムくらいにしたかった。10グラムで初犯ならギリギリ執行猶予をねらえるからだ。でも10グラムだと一日ももたないで在庫がはけてしまうこともあったし、10グラムで仕入れるより50グラムで仕入れた方が仕入れ原価がかなり低くなる。

神田のヤミ金にいたころまではアニキを通して仕入れていたけど、渋谷に移ってからは自分で仕入れた。アニキに上がりをとられることは構わなかったが、アニキはシャブに興味がなさすぎて商品の品質というものにあまり理解がなかった。

品質はどんな商売であっても中核となる要素だ。「シャブ中の品質クレームなんて無視しとけ」という感覚のアニキに対して、「どんな商売でも質の良いものを扱いたい」と余計な商売人気質を発揮していた僕は、アニキからおろしてもらうのをやめた。というより、自分も使っていたから質のよいものがほしかったのだ。

渋谷の一家の先輩を通しておろしのシャブ屋を紹介してもらい、僕はバイヤー気取りでおろし屋をまわって品物を目利きして仕入れしていた。

ただ、この仕入れには本当に苦労した。週一くらいのペースで、あちこちの組織から仕入れた。なぜ、同じところから引かないのか？

それは、水産物のバイヤーが毎朝市場へ行って品定めすることと同じだ。覚醒剤は海外から入ってくる。バックパッカーみたいなのが成田経由で持ち込んでくるのは、流通しているうちのほんの一部だ。貿易船に忍ばせて一度に数１００キロが国内にはいってくる。だから一度水揚げされるとしばらくはどこのおろし屋にも似た商品が似た値段で並ぶ。ところが、水揚げがないことが続くと、品質の悪いものが出回りはじめて良い商品を探すのにとても苦労した。

おろし相場の変動も、かなり激しかった。

水揚げがあった途端に値段が半分に落ちたり、逆に出回ってないときは普段の数倍まで跳ね上がる。１００グラムのおろし値が、30万円から２５０万円くらいまで上下したこともあった。

１００グラムの中等品質商品を２００万円で仕入れた翌日に１３０万円の上質な商品が市場に出回ったりして悔しい思いをした経験もある。いわゆるババをつかまされたわけだ。そんなときは、「セール品」のような扱いで先に仕入れたブツから値引きして捌いていった。需給のバランスでモノの値段が決まる。市場経済の生々しさをシャブの商売で思い知らされた。


おろし屋から仕入れた商品は10グラムずつに分けて倉庫に隠しておく。数十グラムを保管しているから警察に摘発されないよう、倉庫の出入りには細心の注意をはらった。マンションの一室だったけど、エレベーターで一つ上の階を押して階段で一つ降りたりした。

なるべく自分以外に倉庫を教えないことも、シャブ屋の常識だ。強盗に遭ってシャブを奪われたとしても、警察に被害届けをだせるわけもない。泣き寝入りだ。

シャブの所持で捕まると、所持量が量刑に大きく影響する。所持量10グラム未満であれば「営利目的」とならず、初犯なら執行猶予を狙えた。密売用の部屋に10グラムずつしか持ち込まなかったのは、人の出入りの多さから警察に目をつけられてパクられたとしても量刑を安くするためだった。

シャブのシノギをするにあたって、逮捕されるリスクは常に意識していた。「逮捕されない」ことも大事だけど、「逮捕されても刑期が安くすむ」ことを重視していた。結果的に僕が実刑に処されたことがないのは、こういったリスク管理の意識にあったと思う。

小売パケは、0・25グラムを1万円でさばいた。

10グラムで40パケ作れる。よくエンドさんが持っていたお料理用スケールだと0・1グラム単位でしか計れないが、僕は0・01単位の高性能なスケールを使っていたから、0・25の重さは0・3と表示される。僕は、「中身のグラムはいくつですか?」というエンドさんの質問に「約0・3です」と答えていた。

嘘はついていない。四捨五入だ。

一週間で40パケがなくなるくらいのペースで売れた。売上は、40万円ほど。100グラムを高値200万円で仕入れたとしても原価率は50%だからそこその利益だった。

「後で金を持ってくる」というお客はほとんど断った。雀荘バイトのときに学んだが、金の貸しをつくるとその客は来なくなる。金を返して遊ぶより、返さないで遊べる店に行ってしまうのだ。アニキのヤミ金を紹介して借金させてでも、先銭にこだわった。

0・25グラムに加えて、0・1グラム5000円というパケもラインナップしたら、こちらのほうが売れた。

0・1グラムだと1回半くらいしか使えないから、買いにきたエンドさんがその日のうちにまた買いにくることが多くなった。5000円という手ごろな値段がエンドさんたちのニーズにあったのだろう。毎週100パケくらい売れた。

10グラムを100個のパケに分ける作業が結構な手間だ。バイトを雇ったりもしたが、そのバイトたちが使ってしまって量が合わないことが多かったから、結局は自分で小分けしていた。この時は、作業をしながらシャブを使ってしまうこともあった。よほどストレスだったのか、いまだに小分けしている夢をみることがある。

0・25パケと0・1パケのラインナップをあわせて、一日の売り上げが平均10万円くらいだった。連休やイベント日には30万円を超えることもあった。

原価率は10%～50%とブレが大きいが、家賃はほぼかかってなかったし、人件費もスポットのバイト代くらいだった。身体一つで月300万円を超える売上、この原価率で経費ほぼゼロの商売は、美味しすぎて他に手を出す気にならなかった。

年末年始もゴールデンウィークも年中無休でさばいた。休む日もほしかったけど、エンドさんたちの期待に応えたいという商人マインドが強かった。

おろし

小売りだけしていればよいものを、ある時からおろしまで手を出すようになってしまった。

きっかけは、仕入れを続けているうちに、仕入れ量が200～500グラムと大きくなってしまったことだ。大きい量の仕入れはリスクが大きい。移動中に職務質問されてシャブが見つかると、初犯であっても一発で長い実刑だ。

　また、クソネタをつかまされたときの損失も大きい。様々なリスク回避の観点から、仕入れは100グラムまでに抑えたかった。

　しかし、シャブの小売り仲間から、「1キロの仕入れにノッてほしい（＝金をだしあって一緒に大きく仕入れてほしい）」と頼まれることがよくあった。仲間につきあってあげたい気持ちと、1キロ仕入れ単価の安さ（100グラム仕入れの50％〜70％）も魅力だった。僕はあいのりで1本（1キロ）の仕入れをして、手元に大きな量のシャブが入ってくるようになった。

　手元にたくさんあると、早く売りさばきたくなる。現金化を急ぎたい気持ち、突然の値崩れ、倉庫にガサ入れが入るリスクなど、様々な不安要素があるからだ。

　しかし早く在庫を処分したいとはいえ、ディスカウントセールは、この商売では危険だ。一度セールすると、客のディスカウント交渉が増える。また、同業者から疎まれて警察へチンコロなどの妨害工作もありえる。そして一番避けたかったのは、同業者とのディスカウント合戦による市場混乱だ。そのため、早くさばきたいからと言って安易に小売り値のディスカウントセールはできない。

そこで手持ち在庫の回転スピードを上げるために、仲の良い同業者に10～１００グラムをおろすようになった。こうすれば、利幅は小さいがたくさんはける。一度おろせばまた頼まれるようになり、常に倉庫に数１００グラムを置いておかなければいけなくなった。

このようにして、おろし販売もするようになっていった。

１キロの仕入れ仲介を頼まれることもあった。

数百万～千万円にのぼる1キロの仕入れ金は、僕の手持ちで対応できない。だったら取引を断ればよいものを、仲介するだけで数十万、という利益に目がくらみ対応することもあった。

単に話を仲介して紹介するだけだと、マージンが僕の手元に届くことはほぼなかった。シャブ屋の世界なんてそんなもんだ。しっかりマージンが僕の手に乗るためには、現場に同行して受け渡しに立ち会わなければならない。

さらに、マージンとは別におろし値にいくらか上乗せした金額を買い手に伝えてその差額分を抜くこともあり、その場合は買い手から金を受け取って見えないように中抜きしてからおろし屋に支払う。金を中抜きする隙を作るために、取引現場の近くに車をとめて、買い手から現金封筒を預かって現場に歩きながら金を抜くこともあった。一人で現場に行くことになるから、ネタの味見をするのは僕しかいない。

このおろし商売は、結果的に失敗だった。

クソネタをつかまされる、取りにいかせたポン中の仲間が商品をもって飛ぶなど、仕入れが大量だからこれらのリスクが顕在化したときの損失が大きすぎるのだ。「渋谷の諸橋は大量にいじっている」と噂が広がって、ガサ入れが頻繁に来たりもした。大したもうけもないのに、悪いことずくめだった。

堅実に小売りだけしていたら、覚醒剤に溺れることも捕まることもなく大金を残せていたのではないかとも思う。とはいえ、シャブの商売で失敗したからこそ今の立場があるとも言えるんだけど。

激戦区のシノギで鍛えられたこと

どうしようもないことばかりしていた20代だったけど、ビジネス競争力を身につけられたというプラスの側面もあった。

・ヤミ金を覚えた神田
・シャブの小売りをした渋谷

どちらも競合ひしめき合う、激戦区エリアでの商売だった。違法商売ではあったけど、そこで学んだビジネスマインドが弁護士となってからの顧客獲得に役立っている。

僕は弁護士登録をしたのが38歳で、ストレートの同期は12歳年下だった。スタートの時点で同年代の弁護士には大差をつけられていたのだ。

しかし、現在46歳になるまでの8年間の弁護士業で得た自信は揺るがない。事件処理の能力は後れをとっているかもしれないが、仕事をとってくる能力は同年代の弁護士にまったく負けていないと思う。

僕は依頼や顧問契約をとるために、昔の人脈を頼ることは基本的にしていない。選挙、SNS発信、格闘技、カレー販売などさまざまな活動にガンガン飛び込んで方々で顔を売る。一つ一つの活動単体ではそこまでの成果を生まないが、継続しているうちにそれら個々の活動が有機的に結びついて相乗効果が生まれ、依頼につながっていく。

顔を売るためにどんなことにでもガンガン飛び込んでいくマインドは、20代のシノギのなかで身につけた。競争相手に囲まれたビジネス環境では、常に仕掛けていかないとこちらがつぶされる。リスクを承知で勝負をかけ続けなければならなかった。

情報の処理方法についても、ヤクザのときの失敗を反省していまに活かしている。

僕はヤクザだったころ、情報を集めすぎてそれらを整理できていなかった。パッと目に付いた情報に飛びついて、無駄に走り回っていた。

情報は整理されて初めて使いものになる。信ぴょう性、重要性、緊急性などをマトリクス的に整理して活用すべきだったけど、当時の僕にそんなことはできなかった。
不良言葉に「グリグリにする」というものがある。対立相手にネガティヴな情報を流し込んで、疑心暗鬼状態に陥れるという意味だ。「フェイクニュース」が社会問題になったのは近年のことだが、ヤクザ業界では虚偽情報で相手を混乱させる攻撃方法がもっと以前から普通に使われていたのだ。

大量に仕入れすぎて整理できない情報は、無駄を通り越して害悪だ。人の頭を鈍らせる。メモリオーバーのコンピューターがすぐにフリーズするようなもんだ。

自分の整理できる限界を把握して、それを超える情報は仕入れない。現代は、誰もがネットやスマホから情報を取りすぎている。定期的に情報をシャットアウトして、山や海など大自然に触れて脳を整理したほうがよい。

競争にさらされると情報を集めたくなるが、そんな時こそ情報に踊らされないように情報収集をコントロールしなければならない。
まず大事なのは、縄張りを決めてフィールドを徹底調査すること。
ネットのビジネスには関係ないだろうが、実店舗などの対面ビジネスにおいては、エリアの地理に明るくなったほうが圧倒的に有利だ。新規出店や営業戦略などにとても役立つ。地図を眺めるだけでは情報が足らない。現地をくまなく歩きまわって徹底的にフィールドを把握する。人流や街の雰囲気、夜間の明るさ、土地の高低差などの情報は自分の足で歩き回らなければ獲得できない。

僕は、警察から走って逃げる必要があったから、道玄坂の裏道やラブホテルの表口と裏口までよく把握していた。下水道まで把握しようとして、ライト付きヘルメットをかぶってマンホールの中に入って探索したこともあったが、この時はさすがにシャブが効きすぎていた。

司法試験のとき、僕は2年以上かけて試験会場を徹底的に調べ上げた。これが、1発で合格できた勝因だと思っている。

また、弁護士になってからも、とにかく街をくまなく歩きまわっている。北千住から浅草にかけての地理にかなり明るくなっているから、例えば不動産トラブルの相談のときなどに非常に強みを発揮する。エリアの詳細な把握は、依頼の獲得にとても役立っている。

また僕は、同業者は商売敵、という意識を常に持っていた。

エリア内の同業者とは表面上仲良くしていたけど、すきあらばつぶすか又は支配下におくことを目指さなければならない。これはヤクザのビジネスにおいて基本だった。同業者と友好関係を結んでいるが、ひとたび同業者アジトの大規模摘発などのチャンスがあれば一気にマーケットを取りに行かなければならない。

同業者に気を使い、指をくわえて見ているだけでは、他の同業者にとられるだけだ。そして拡大したその勢力は、こちらまでつぶしにくる。

やらなきゃやられる。攻めの姿勢こそ最大のディフェンスだった。この攻撃姿勢のビジネスマインドは、残念ながら弁護士業界の先生方からはあまり受け入れてもらえていない。でも、競争激化が予想されているこれからの弁護士業界で生き抜くには、必要なマインドだと思う。

「シノギ」の語源は知らないが、激戦区でのヤクザビジネスは、まさにシノギをけずる激しい競争だった。

このとき鍛えられたビジネスマインドが弁護士になったいまの営業戦略や顧客獲得に大

いに生かされていると思う。

覚醒剤に溺れる

僕はシャブに溺れていった。

最後は、とんでもないバカなことをして警察につかまって精神病院へつっこまれた。

そして一家からも破門された。

20歳でシャブをつかいはじめてからずっとアブりだったけど、26歳のころから次第に注射で使うようになった。

注射でつかった経験は、神田のヤミ金だった21歳のころから何度かあったけど、そのころは興味本位で仲間に射ってもらっただけだった。そもそも自分で注射するスキルがなかったし、注射よりもアブりの白いケムリを吸い込む光景に魅力を感じていた。

言い訳になるが、商売をしていなかったら僕はポン中にはならなかっただろう。

仕入れのときに、どうしても味見の必要があった。そして、手元にいくらでもブツがある環境だったから、ポン中にならざるをえなかった。

「商売しても身体に入れるな」なんて格言をよくアニキに聞かされたが、これを実践できているシャブ屋なんてほとんどいない。ほとんどのシャブ屋が自分でも使っていた。

一時期、アブリだけの味見で質の悪いものをつかまされることが続いた。あぶったときの煙の味はよいのに、注射ユーザーから「うんともすんともこない」とクレームがきた。

客の半数くらいが注射だったからこのクチコミを無視するわけにはいかない。取引の際に注射の味見も必要になった。

注射の味見役を雇って仕入れにいったこともあったが、取引きの現場は僕以外にもバイヤーが集結していてそれぞれ味見をしているためそれなりの雰囲気があって、緊張した味見役が1時間くらい血管に針を刺せなかった。それに、水揚げの連絡はいつも急だったから味見役を探している時間が惜しかった。

こうして僕は、アブリも注射も自分で味見をして仕入れをするようになった。他のバイヤーもたいがいは自分で両方の味見をしていた。

なんで注射がいいのか？　注射のことを思い出すだけで虫がわくから、ほどほどにしたい。

注射のほうがアブリより身体にクスリの回るスピードが速い。注射を使っていると、段々アブリに効き目を感じなくなってしまう。味見のときだけだったはずが、普段から注射ばかりするようになってしまった。

注射でやるようになってから頭がおかしくなるまでは、あっという間だった。およそ1年間くらいだ。

注射ユーザーによくあることだが、だんだん血管が逃げるようになってなかなか針が刺さらない。ひどいときは2時間くらい血管と格闘していた。

この血管と格闘している姿はなかなか気持ちの悪い光景だ。このときの腕の血管のビジョンが脳に焼き付いていて、シャブを止めて数年たってからも電車で人の腕の血管をみるたびに針を刺したくなったものだ。

仲間と一緒に注射をしていたとき、仲間が耳に注射器をはさんだまま「おい！　オレのポンプどこか知らない？」とまじめに言っていた。極限まで集中力を高める反面、注意力が低下して通常考えられないような不注意をおこすのだ。

渋谷マークシティ前で待ち合わせをしていた先輩が、シャツの腕に注射用ゴムを巻いたままあらわれたのには驚いた。

シャブボケ

シャブをして寝られない、食べられない、なんて言うのは初めのころだけ。慣れれば、使ったあとすぐに食べることも寝ることもできた。むしろシャブがキレると不安に苛まれるから、注射したほうが安心してよく寝られたほどだ。

とはいえ、何日も寝ないということはよくあった。シャブを使っても「寝られる」というだけで、起きていようと思えば起きていられるのだ。

忙しさに追われる現代人が睡眠を自由にできるならば、非生産的な時間である睡眠をなるべく削りたいと考えるのは普通だろう。シャブをくいながらあっちの用事こっちの用事をこなしているうちに、寝ることを後回しにしてしまった。

不眠も2日つづくと、頭がボケてきて、不注意や記憶力の低下がひどく、通常では考えられないバカな行動があった。自分のヤサに帰ろうとしているのに家の前を車で通りすぎる、ぐるっと回ってもまた家の前を通り過ぎる、3回目も通り過ぎた時には、なにかの映画みたいにこのままずっとグルグルまわり続けるループではないかと怖くなった。

不眠3日目くらいになると、突然気絶するように眠ってしまうことがあった。よその一家の先輩は、運転中に気絶してよく事故を起こしていた。

この先輩からシャブを仕入れるはずが、ホテルの部屋で爆睡してしまっていて困ったということもあった。取引きに遅刻するとどんなケツをとられるかおそろしいから、その時は警察を呼ばれる覚悟でホテルのドアをドッカンドッカンぶち壊す勢いで叩いてようやく起きてもらった。

メシを食わないのは非常に危ない。

睡眠と同じく、シャブを使っているとメシを食っても食わなくてもどちらでもよくなってしまう。

意外と、メシをなめている人が多い。「痩せた〜」などと言って喜んでいる場合ではない。食わないで痩せていくのは、筋肉を分解して体重が減っているだけで余計に体脂肪率が増えていたりして不健康極まりない。そして、体内の糖を使い切ったときの低血糖症状は本当に危険だ。

僕はメシを食わなすぎて低血糖状態に陥っていたことが、自分の「電波が飛んだ（気が狂ったような異常行動をすること）」ひとつの原因だと考えている。なぜかというと、ボクシングのための減量時などシャブをやめてからも何度か厳しい糖質制限をしたことがあって、その時にシャブで電波が飛んだ時と同じような感覚になったからだ。

今考えると、僕はシャブでおかしくなったというより、メシを食わなすぎて低血糖になってしまったことでおかしくなったのではないだろうか。僕が体験した幻覚症状については後に書くけど、これも低血糖による幻覚症状の面もあると思う。

現役のポン中のみなさんにお伝えしたい。シャブをやめよう。シャブをやめられないなら、最低限メシだけはしっかり食おう。

精神薬を多用

注射器の仕入れは、某所からしていた。

シャブ業界では有名な注射器屋さんで、もちろん警察にも知られていたから、そこに行った帰りには職務質問をされるという噂をよくきいた。僕はいつも原付で買いに行っていたから、近くにいつも停まっていたパトカー横をサーっとすり抜けて何事もなかった。

注射器の仕入れは、一箱２８０本入り（14本の束が20束）で１万５０００円くらいだった記憶だ。注射器は売り物というより、小売パケのお客さんにサービスでつけていた。コンビニで言うところの「お弁当のおはしいりますか？」みたいなものだ。

この注射器屋さんには、精神薬（安定剤や睡眠薬）も売っていた。

ハルシオン、リタリン、エリミンなどだった。

ベゲタミンもあったけど、何度か飲んで意識がまったくなくなるという経験をしたから、これはやばいと思ってやめた。

ある時から僕はそれらの安定剤や睡眠薬を買って、フリスク感覚でぽいぽい飲むようになってしまった。飲んだ時は何も感じないのに、半日くらいするとまた飲みたくなる、そのうち飲んでいないとイライラするようになっていった。

10錠の1シート1000円くらいだったけど、3万円分くらい買っても1週間でなくなるくらい頻繁だった。人にあげていたことを考慮しても、飲みすぎだ。

シャブの仲間からも「精神薬はもうやめろ」と言われるくらい、精神薬を飲みすぎていて、結果的にいろいろやってバカになった。シャブか低血糖か精神薬か、どれが一番の要因かなんて分からないけど、この精神薬依存もバカになった要因の一つではあるのは間違いない。

精神薬の怖いところは、違法でないということだ。

まず、警察に捕まるリスクがないからいつも持ち歩いていた。

人前で「クスリです」と言って錠剤を飲んでもなんら不自然じゃない。注射やアブりだとそうはいかない。アルコールも合法だけど、電車でプシュっとやるには抵抗があるだろう。精神薬はどこでも誰といてもおかまいなしに摂取できるという点で、ハマりやすく抜け出しづらさがあった。

金の管理ができない

本来の僕は、金銭感覚にとてもすぐれている。どこで学んだとかじゃなくて、生まれつきのものだと思うがお金が大好きだ。無駄な浪費をこの上なく嫌うし、数学的な合理性で物事を判断するのが得意だ。

「損得」というのはヤクザ業界では蔑視される価値基準だ。「おまえ損得勘定でヤクザしてるのか！」とアニキに怒られたことがよくあった。業界で言われる「あいつは経済ヤクザ」という評価には、ケンカもできないくせに金儲けだけは上手い半端なやつという侮蔑の意味がこめられていた。僕は、「経済ヤクザ」とカゲ口をたたかれないように、必要以上に暴力的な活動をしなければならないという思いをもっていた。

そんな金にさとかった僕も、シャブにぼけると、金銭感覚を完全に失った。

とにかく、金の管理ができない。

自分の資産がいくら残っているかの把握がまったくできなかった。どんぶり勘定はよくないなんてよく言うけど、シャブにボケる前の僕は、頭の中で勘定ができていたから、金の出入りを帳面につけていなかった。

ところがシャブにボケると頭の中の管理機能が完全にイカれて、あり金全部をすぐに使ってしまう超浪費家になった。

ポーカーゲームに熱中して何十万もつっこんだり、いきなりセルリアンタワーホテルの5万くらいの部屋に一人で泊まってみたり、とんでもない浪費をした。

精神病院へ入院していたときに双極性障害の患者さんたちと話したら、僕とよく似た浪費行動を経験していた。

ポン中の症状は、いろいろな精神疾患の症状と似た特徴がある。精神疾患は脳の病気と言われるが、シャブも脳にダメージを与えて萎縮させ、それらの症状が発現するのだろう。もしシャブにボケていた時の僕の脳をCT撮影していたら、かなり萎縮していたことだろう。

金の管理ができなければ商売は成り立たない。

いくらで仕入れていくらでさばいて原価率がどんなで、そういうことがまったく考えられなくなった。自分ではたくさんさばいているつもりが、なぜか財布の金がなくなっていく。誰かが財布から金を抜いているというバカな妄想まで抱くようになった。

こういう妄想にとらわれるともう末期だ。周りのみんなが離れていくのも当然のことだった。


たくさん付き合っていた「無尽」をどうしていたのか、まったく覚えていない。

「無尽」とは、ヤクザの相互扶助システムだ。毎月10人くらいのメンバーが掛け金をもって集合し、10人分の掛け金をメンバーのうち誰かがおとすと、その金を持って帰れる。メンバーがおとせるのは1ターン（メンバー数と同じ月数）で1回だから、順に落としていって最後は全員がおとす。親を決めたり、配当があったり、もう少し複雑だけど、概要はこんなシステムだった。

東京のヤクザはみんなやっていたけど、これは出資法や銀行法などに引っかかる可能性がある。

ヤクザを辞めた後に、「山梨県民は『無尽』を理由にして酒を飲みに行く」とテレビで見て驚いた。ネットで調べると、「山梨県民は、無尽講に頼っているから金融リテラシーが低い」とあっておもしろかった。助け合いのシステムが発達していれば金融サービスなんてそもそも不要なのだ。「米ドル買いだー！」「ビットコイン売れー！」「S&P500だー！」と目を血走らせている今の自分が恥ずかしい。

僕の付き合っていた「無尽」は、数件あって月に100万は必要だったはずだ。それらの掛け金をどう工面して、どう落としたのか？　まったくもって記憶にない。追い込みもなかったし、まあなんとかなっていたのだろう。

同業者への月一割金貸しビジネスはどうなっていたのだろう？

このあたりの記憶もまったくない。「このあたり」というのは、金の貸し借りについてだ。「貸し借り」を記憶できるというのは、人類のもつ特殊で重要な能力だと思う。

例えばうちのワンちゃんが何か悪いことをしたら、すぐに叱らなければならない。時間がたってから叱っても、何のことか分からないからだ。人類以外の動物は「貸し借り」を記憶できないから、過去の行動に対するアクションを理解できない。

そう考えると、人間が「貸し借り」を記憶できるからこそ、今の貨幣経済、国家、戦争などの社会が出来上がっているのだと思う。

シャブにボケていた僕は、そんな貸し借りを記憶する能力が欠落してしまっていたようだ。1000万くらいあった貸付金の行方はまったく分からない。今はもうどうでもいいが、きっとすべて貸しっぱなしだろう。

シャブの仕入れのために常に数百万あった口座の金もどこかへ消えた。

まわりがポン中ばかりになる

人間関係というのは生き方や考え方に大きな影響を与える。

後述する「生き直しのコツ②　人間関係を取捨選択する」は、ポン中にも当てはまる。シャブをやっているとだんだん周りもポン中ばかりになっていくのだ。

「やめろ」と注意してくれるアニキや先輩たちはいたけど、本当に心配してくれるそういう人たちを遠ざけて、一緒にシャブをやる仲間とばかりつるむ。アニキからは「そのうちやめるだろうほっとけ」とあきらめられていたみたいだけど、先輩たちからは何回もしめられた。

アニキや先輩方に心配をかけて本当に申し訳ない、と今は思っているが、当時は「やめろ」と言ってくる先輩たちは敵で、一緒にシャブをやる仲間が味方だと思い込んでいた。逃げまわってシャブをやっていたから、先輩方に顔を合わせる一家の用事を無断で欠席したりした。携帯で事務所に欠席の連絡をすることもできないくらいにヨレていた。

僕がこれほどヨレていたから、周りの仲間も深刻なポン中になってしまっていた。アニキのヤミ金の従業員たちだ。僕が連れてきた人間ばかりでいつも僕とつるんでいたから、みんなしてシャブに大ハマり状態だった。もちろん僕が一番ひどかったけど、みんな人間が壊れていった。周りが一緒に壊れていくと、自分の壊れっぷりをそれほど異常と思わないのも良くなかった。

気付けばシャブが生活の中心のようになっていて、僕はシャブを身体に入れるために毎日活動しているようなものだった。

幻覚

幻覚にもいろいろある。

確実にあらわれていた症状は、幻聴だ。

誰もいないのに人の声が聴こえてくるのは不気味だ。一人で部屋にいるはずなのに、「今日はテレビ見ないの？」とすぐそばから声が聞こえてくる。鳥肌をたてながら「隣の部屋の声かな？」なんて思っていると、「隣の部屋じゃないよ」とまた聴こえてくる。幻聴だと分かっていても気が狂いそうになる。まあ、すでに狂っているから聴こえるのだが。

最近になってから「事務所の階段をくるくるまわりながら上っていた時は、こいつはもうダメだなと思った」と先輩に言われた。

このときの記憶はなんとなくあるけど、たぶんなにかの幻聴と闘っていたんだと思う。

幻聴がしつこいと、聴こえる声に反発しようという気持ちが働いて、余計にとっぴな行動をとってしまっていた。

精神病院に入っていたとき、統合失調症の人が「幻聴は返事した方が楽だよ。無視するとつかれる」と教えてくれた。幻聴だと分かっていても頻繁に聞こえると、だんだん無視できなくなるものだ。

解決法としては幻聴のお薬を処方してもらうか、僕がおすすめするのは汗をかくことだ。運動が苦手ならサウナか半身浴でもいい。ドバーっと汗をかいて水シャワーを何度か浴びれば、幻聴は消える。

幻覚というものは、低血糖の症状としても表れる。ボクシングの減量のときに糖質を制限しすぎて、昔なじみの声で「久しぶりだね。頑張ってるみたいだね。甘いもの食べたくない？」と聴こえてきたことがあった。シャブの後遺症だろう。

その時はすでにシャブでボケていたときの経験があったから、対応は冷静なものだった。もし初めて聴こえていたら、驚きのあまり減量をやめてしまっただろう。

幻聴の特徴として、

・意外とはっきり聴こえる
・しつこい

この2点を覚えておいて損はない。

「隣人がうるさい」という騒音トラブルの法律相談をよく受ける。相談者には言わないけど、幻聴の症状だなと感じることが結構な割合である。

そういう時は精神病院の受診をすすめるようにしているけど、隣の音だと思い込んでいる方に「幻聴じゃないの?」と言うと強い反発を食う。本人には幻聴と思えないのだから、当然だ。

幻視については、逆にほとんどなかったと思っている。

でも、後で書く松沢病院を退院した後に見えたファンタジー世界、あれは幻視だと思う。

これも後述するが、僕が入院するきっかけになった渋谷のスクランブル交差点の件の時にもなにか見えていたのかもしれない。よく覚えてはいないけど、あの時は完全に頭がぶっこわれてしまっていた。

アニキがガンになる

シャブにボケた言い訳にするなと怒られそうだけど、アニキに肝臓ガンが見つかって手術すると聞いてから、余計にシャブに走ってしまった。

父親をガンで亡くしていたからか、アニキが死んでいなくなるという怖さから逃れようとクスリに頼った。

東京女子医大へアニキのお見舞いに行こうとしたけど、なぜかたどり着けなくて、八王子まで歩いてしまったことがある。新宿から甲州街道を20キロ以上も歩いたのだからアホだ。中学生のとき、母に呼ばれて病院に行ったら父がもう死んでいたという記憶が、足を病院へ向かわせなかったのだろうか。それにしても八王子まで歩いたのは、いくらポン中だとしてもすごいことだ。

僕は、アニキが闘病している間に完全にシャブにヨレて、この後にアニキとしっかりした状態で会うことはなかった。

後々、弁護士になったことを報告したかったが、アニキはちょうど僕が司法書士試験を受験していた平成20年に亡くなっていた。

親分のかばん持ちをクビになる

親分のカバン持ちはクビになった。「しばらく休んでろ」みたいにやさしく言い渡されたけど、下手を打ちまくっていたから、クビにされたのだ。

義理場へ行く時、僕はずーっとネクタイを締めたり外したりしていた。その時はネクタイの長さが気に入らないからちょっと直していたくらいのつもりだったが、どうやらシャブで一点集中状態だから義理場へ向かう車内から義理場にいる間の、全部で3時間はずっとネクタイを締めたり外したりしていたようだ。

これには親分もあきれてしまって、「お前は車で待ってていいよ」と言って僕を置いて香典を持って行ってしまった。後で、親分の運転手やガードの先輩たちからぶっ飛ばされた。弁護士になって、ヤクザの依頼者が亡くなって葬式に行ったことがあったのだが、葬儀場の駐車場でネクタイを直している人がいて、車で待っていた妻が「あの人1時間以上ネクタイ直してたよ」と怖がっていた。僕は笑ってしまったが、笑っちゃいけないな。

事務所を空っぽにして遊びに行って、そのまま戻らなかったこともあった。

親分のお付きだったから事務所当番はしていなかったのだけど、当番の先輩が外の用事をする間に事務所の当番を代わってあげたことがよくあった。2時間くらい先輩が戻ってこなくて、さすがに事務所にシャブを持って行かなかったら身体のシャブが切れてしまい、「すぐ戻ればいいや」と事務所を空けて自分のアジトへシャブを注射しに行ってしまった。シャブを身体に入れたら、もう事務所当番のことなんて頭からすっぽり忘れてしまってポーカー屋へ遊びに行ってしまった。

この時は、先輩が戻ってきたら僕がいなくて事務所が空っぽだったから、先輩から電話があって怒られた。当番を抜け出した先輩もどうせろくなことをしてなかっただろうから、そこまで厳しくは怒られなかったけど。

当番を抜け出してそのまま戻らないなんて、普通だったら指を詰めさせられてもおかしくないレベルだ。実際にそんな理由で指を落としているヤクザはたくさんいる。

前にも少し書いたが、義理や月寄りに連絡もせずに行かなかったこともあった。

この時はもうかなりシャブボケが進行していて、入院する2カ月前くらいからだったと思う。後からアニキに「すみません。体調不良で動けませんでした」とメールしたが、アニキから返信もなかった。かなりあきれられていたのだろう。

シャブにボケると、自分を正当化する機能がすごく働く。今日は月寄りだからシャブを止めとこうと思っていると、「そもそも月寄りの語源はなんだ？　無理してまで行くものなのか？　月寄りを理由にシャブをやらないなんて、逃げてることになる」などということの上ないクソな考えが巡って、どんな言い訳であれ、一度シャブをやる理由を思いついてしまったらもう止められなかった。

ある時、よれよれで親分を迎えに行って、蹴り飛ばされたことがあった。

親分が涙目で「シャブはやめられないのか？」と言っていたのを思い出すといまだに泣ける。

書いていて、マジで自分にあきれる。よく回復できたもんだ。

警察に連れて行かれる

シャブの逮捕は全部で2回。

1回目は、アニキの事務所のガサ入れで100グラムが見つかった件。完全に僕も関わっていたシャブだったけど、その場にいなかったので後日に逮捕された。この時は、黙秘して20日勾留で不起訴釈放された。

そして2回目は、後述する渋谷スクランブル交差点の件だ。

ガサ入れはよくされたけど、僕がその場にいたことはほとんどなかった。むしろ、刑事から電話がきて「ガサ入れしたいから鍵を開けて立ち会ってくれ」と頼まれたくらいだ。

どのくらいの頻度でガサ入れがきていたかと言うと、27歳のときに「今年だけで7回もガサ入れがきた」とこぼしていた記憶があるから、2カ月に一度程度だったんだと思う。ある事務所の家賃を滞納して、乗り込んできた保証会社の担当者を部屋にとじこめたら、警察がたくさん来てしまったことがあった。

この部屋はシャブの小売りの部屋だったから、踏み込まれたらアウトだった。担当者を解放したら「近いうちにガサ入れくるから部屋を片付けとけよ」と捨てゼリフを吐いて警察は引き上げた。

ちなみにこの捨てゼリフの刑事、後から逮捕されたときに調べを担当されて、このときのことについてネチネチと文句を言われた。

職質は、徹底的に拒否した。

基本は原付で逃げ回っていたけど、歩いていたり車に乗っていて、何回か職質の対応をしないといけないこともあった。身体にも入っていたし、ポケットにシャブや注射器があったから、こちらは拒否する。警察もなかなか諦めないから、押し問答になる。

僕が職質を拒否することができたのは、前科がなかったからだ。逮捕やガサ入れが何回あっても、前科にはならない。

前科がなければ、令状が発付されることはまずない。警察との押し問答を頑張っていれば、3時間くらいで警察があきらめてくれた。もし前科があれば、警察も3時間くらいではあきらめなかっただろう。弁護士になってから関与した事件では、職務質問が12時間も継続されたケースがあった。

職質を拒否するときに暴れすぎて、す巻きにされて警察へ連れて行かれたことがあった。この時は「逮捕」ではなく、「保護」という扱いだった。ポケットにシャブがあったからさすがにアウトかと思ったけど、警察署についたら意外にやさしくて、

「まあお茶でも飲んで落ち着けよ。お前のとこの誰か迎えにきてもらうからそれまで休んでろ。所持品検査もしないよ」

みたいな対応だった。たぶん、警察もやり過ぎたことがやましかったからだろう。

「保護」とは、本来、自傷他害を防止するために許された手続きだ。職質を拒否しているだけの僕を「保護」の名目で連行することは違法なことだ。しかし、後日の渋谷スクラン

ブル交差点の件でも僕は警察に「保護」されて、そのときは精神病院へ連れて行かれることになる。

職質と闘っているうちに、「人権」という言葉を覚えた。警察に文句を言うときに使いやすい言葉だったからだ。

後々、弁護士になって、人の人権を守るのが仕事になるとは思ってもみなかった。

渋谷のスクランブル交差点

記憶があいまいだが、ある日僕は警察に「保護」された。渋谷のスクランブル交差点で傘を振り回して交通整理していたらしい。

結果的にこの事件が、ヤクザを辞めるきっかけになった。

覚えているのは、警察官二人が走って飛びかかってきたこと。もちろん、抵抗しまくった。ギャラリーがたくさんいて、みんな僕を応援しているかのように勘違いしていた。

パトカーで「お前ゴリラみたいに力強いな。抑えつけるの大変だったぞ」と言われたのを覚えている。よれよれポン中の筋力が強いわけがない。異常興奮のアドレナリンで人の限界を超えたパワーを出していたのだろう。

なんで交通整理をしたのかなんてまったく覚えてない。この時期のことを思いだすと、とにかく幻聴がすごかった。入れ替わり立ち替わり人に話しかけられるような幻聴だったから、うるさくて寝れたもんじゃなかった。自分の部屋に見えない誰かがたくさんいるような感じだ。

部屋にいると幻聴がうるさいから、何日間も外をうろうろしていたこともある。

このころ聴こえていた幻聴だけど、死んだ父親の声もあった。なつかしくて耳を傾けると、「もう家に帰ろう」みたいなことを言っていた。

僕はスクランブル交差点で保護された後、都立松沢病院に連れて行かれて、そのまま措置入院をさせられた。

2005年3月、28歳だった。

第四章　弁護士を目指す

都立松沢病院を退院

松沢病院にいたときのことは、記憶がうすい。かなり強い精神薬を飲まされていたんだと思う。一週間の「措置入院」だったらしいが、退院するときに仲間が迎えにきたときのことをうっすら覚えているだけだ。フワフワした気分でぽけーっとなっていた。

渋谷スクランブル交差点のときの記憶がないのも、松沢病院の精神薬のせいかもしれない。

「措置入院」というのは、自傷他害のおそれがある場合に本人の意思にかかわらず強制的に入院させられる手続きだ。スクランブル交差点で交通整理するようなエキセントリック野郎だったから「他害のおそれあり」と簡単に認定されただろう。

ところで後から知ったことだが、この松沢病院は重度の精神疾患患者を引き受ける病院としてかなり有名だ。一週間くらいで退院してきた僕は珍しいらしく、通常は措置入院患者を受け入れるとなかなか社会復帰を許さないところらしい。

退院したあと先輩に、

「おまえよく帰ってこれたね。あそこに連れて行かれて帰ってきたのおまえくらいだよ」

と言われた。

病院内はどんな処遇だったのか？　記憶のないことが惜しい。覚えていれば、今後の弁護活動の役に立ったかもしれない。


松沢病院を出たはいいけど、渋谷にはもう僕の居場所はないように感じた。

きっと仲間に取り上げられたのだろう、自由に出入りしていたたくさんの事務所の鍵は手元になく、西国分寺のアニキのアパートにとじこもっているようにと仲間から言われた。

僕は渋谷に行って、出入り自由だったヤミ金事務所に立ち入ろうとしたけど、どこからも「悪いけど入れるなって言われてるから」と追い返された。

僕のことを心配したみんなが、シャブに関係するところから引き離そうとしてくれていたのだと思う。しかし、自分がおかしくなっていることを理解できていなかった僕は、この対応に対して非常に疎外感を覚えた。それどころか、自分のシャブの商売も乗っ取られたような気がした。疑心暗鬼になるのも、シャブによくある症状だ。

西国分寺で3万くらい小遣いを渡されたが、そんなのはその日のうちに使い切った。「金がなくなったら、連絡をくれればまた持っていく」と仲間に言われていたけど、連絡しなかった。仲間たちに対する不信感と、「街にでれば金はなんとでもなる」という訳のわからない自信で、無一文のまま街をほっつき歩いた。

このときほっつき歩いていた記憶はあるのだが、東京の街がファンタジーかメルヘンかみたいな世界に見えていた。

そこらじゅうに怪物だか妖怪だかがいて、僕だと気づかれると攻撃してくるから、そーっと歩いていた。怪物に気づかれて追いかけられた時は、走って逃げた。

話しかけてきた人と立ち話をしていたら、急にその人は壁のポスターに変身した。

走っている車がすべてパトカーに見えて、幻覚だと思って一台の窓をコンコンして話しかけたらやはりパトカーだった。

5分くらい前のことも忘れてしまうから、ボールペンを右手にもっておいて左腕のそこら中にメモ書きした。

金ももたずに雀荘へ行って、リーチ宣言牌を対面のお客さんに投げつけて叩き出された。ビルから飛び降りようとしている警備員を見つけて止めようと話しかけたら、逆に飛び降りないように説得された。

とにかく、どれもめちゃくちゃすぎて思い出すだけで気持ち悪くなる。死ななかっただけよかった。


ファンタジーの世界をほっつき歩いてるうちに携帯も財布もすべてなくし、僕は途方にくれた。携帯がなくては仲間や事務所に連絡することもできない。一家の事務所に電話するなりなんらかの方法もあっただろうけど、このときの僕は事務所の電話番号すら思い出せない状態だった。

「10万あればまたシャブを仕入れて売りさばいてすぐに元の状態をとりもどせる」と、携帯もないくせにこんな考えにとりつかれていた。僕は10万を借りるため友人の家に行こうと府中街道でタクシーをひろった。

そして、このタクシーに乗ったのが表の世界へ戻るきっかけとなった。

あのときのタクシー運転手は天の使いだったんじゃなかろうかと、妄想めいた思いがいまだにめぐる。

僕は友人の家の住所もわからなかったから、「右行け」だの「左曲がれ」だのぐるぐるしているうちに、様子のおかしさを運転手に見抜かれて、交番に連れていかれた。交番でタクシー代を立て替えてもらい、警察官に訳のわからない事情を一生懸命に説明した。

「誰かタクシー代を払ってくれる人はいないのか?」

「家族は?」

と聞かれて、僕は仕方なくいわき市の実家の電話番号を答えた。実家の番号だけは不思議と覚えていた。

実家の母親は相当驚いていた。何年も連絡をよこさなかった息子のことで、急に警察から「息子さんの様子がおかしい」「タクシー代を払ってほしい」と連絡がきたのだから、当たり前だ。

母は「タクシー代をもっていきますから、そのまま息子をそこにいさせてください」と警察に頼んで、東京にいた僕の従姉妹二人に連絡した。

数時間後、従姉妹二人が迎えに来てくれて僕は無事に交番から解放された。従姉妹に金を貸してほしいと頼んだところ、「一度実家に帰ったほうがいいよ」と説得された。タクシー代も払えず金を持ってきてもらった立場の弱さもあり、僕は実家へ帰ることに同意して、一緒に母親が迎えにくるのを待った。

従姉妹たちには本当に感謝だ。おかげでこちらへ戻ってこられた。

このとき、どういう流れか立川で従姉妹二人とジブリの映画を見たのだが、映画の途中で気分が悪くなってトイレで吐いたのを覚えている。吐瀉物はドス黒くて気持ちが悪く、あのとき僕のなかに巣食っていた悪いものを吐き出せたんじゃないかと感じている。

いわき市の精神病院

母が東京まで迎えに来てくれて、いわき市の実家へ帰った。

母は完全に頭がぶっこわれていて訳の分からないことばかり話している僕の姿にかなり驚いたようだ。背中の刺青を悲しんでいた。

母と叔母さんとにいわき市内の精神病院へ連れて行かれて、入院させられた。もちろん僕は入院を嫌がったのだが、ぶっとい注射を打たれて、気づいたらオリ付きの部屋だった。「医療保護入院」と言って、家族の同意がある場合、本人の同意なしに入院をさせられるという手続きだったようだ。短期間の間に、松沢病院の「措置入院」、この精神病院の「医療保護入院」という2つの強制的な入院手続きを経験した。なかなか貴重な経験だ。弁護士になってから何度か精神病院の入院手続きを扱ったのだが、そのときに、当時の自分が入院させられた手続きをよく理解することができた。

最初に入れられた部屋は、いま思い出してもトラウマだ。

オリにとじとめられた独居部屋で、窓がない。部屋の広さはそこそこあったけど、おそろしく冷たい床に1畳だけ畳が敷いてあってそこが寝床だった。

トイレはおまるだ。留置場でも保護房は経験していたけど、トイレはあった。おまるで用を足すことに、ひどく尊厳を踏み躙られる気分だった。でも、強い安定剤（？）が効いていたから文句を言う元気もなかった。

1週間くらいで普通の閉鎖病棟に移ったけど、あそこに半年いたら自殺していたと思う。普通の感性なら、死にたくなるようなところだ。

閉鎖病棟にうつると、公衆電話で電話をかけることができた。毎日のように誰かが警察へ電話して、「助けてください。殺されそうです」と訴えていた。警察は相手にしていなかった。

僕はアニキに電話して、

「渋谷の一家に戻りたい。隙を見て病院を逃げ出すから迎えに来てほしい」

と頼んだ。アニキは、

「しっかりシャブをぬいて、元気になってから戻ってこいよ。あせらなくていいよ」

と優しく諭してくれた。

僕は、逃げ出したりすることをあきらめて、病院職員に従順な態度をとることにした。

逃げ出すのではなく、なるべく早い退院を目指すという方針に切り替えたのだ。

アニキから一家を「破門」されたと言い渡されたのは、その3カ月後くらいだった。

僕からアニキに電話をしたら、「月寄りでひとまず破門することになった。シャブで下手うったんだから破門されるのは仕方ない」とのことだった。「また戻れるようにしてやるから、しばらく辛抱しておけな」とも言われた。

この「破門された」という通告は、なかなかにショックだった。退院したら渋谷に戻ってヤクザを続けるつもりだったから、突然戻るところをなくしたという喪失感があった。

しかし、一家から破門されたおかげで、退院後は実家に戻ることを決められたし、ヤクザで成功するという人生の目標を失ったからこそ、宅建の勉強を始めることもできた。


週一くらいで売店に行って、お菓子やジュースの買い物をできるのが一番の楽しみだった。売店に行けるというのは、刑事施設では考えられないくらい嬉しい処遇だった。売店は病院の中だったけど、ほぼシャバの空気だった。缶のコーラをプシュッとしてゴクゴクッと飲むと、缶ビールを飲んでいるような気分を味わえた。

他の患者たちと整列して連れ立って売店にいく。僕が嬉しそうに整列している姿をみて「悲しくて涙がでた」と母がいまだによく言っている。子どもが幸せそうにしている姿を見て親が心を痛めるというレアケースがここにあった。

この病院で処方されていた精神薬は、僕には弱く感じた。前述の通り、精神薬中毒でもあった僕には、満足できる強さでなかったのだ。「もっと強いクスリをください」と何度も医師に頼んだけどダメだった。

シャブボケの症状は、入院して1カ月くらいでほぼ消えた。ボケていたときの幻覚の記憶のせいでまだ錯乱しているように見えたようだけど、脳の機能はかなり回復していたと思う。

薬ばかり求める僕に対して、医師から「クスリに頼らないで、何か趣味みたいなことをしなさい」と言われた。

僕は、宅建の資格の勉強をすることにした。母が宅建の資格をもっていたこともあったし、ヤクザをやめて目標を失った僕は、とりあえず不動産の知識を入れておけば退院後に役立つだろうと考えたのだ。

そして、何よりやることがなさすぎてヒマだった。入院中にはじめたヒマつぶしが資格試験の勉強スタートということだ。

しかし、宅建のテキストを母に買ってきてもらっただけで、勉強はまったく進まなかった。ヤクザが勉強を始めるというのはそう簡単なことではない。それに、常に誰かの叫び声が響いているような環境で勉強する気になれなかった。

病院のテレビを眺めていたとき、「極道の妻から弁護士になった」という大平光代先生のことを知った。「へーすごいな！」と驚いた。なんと大平弁護士は、弁護士になるために最初に宅建の資格からとったということだった。思わぬ偶然だ。

母に頼んで図書館で『だから、あなたも生きぬいて』を借りてきてもらったけど、たしか最初の数ページで挫折した。バリバリのポン中ヤクザにとっては、勉強をするどころか、文字だらけの本を読むことも難しかった。

同じ本を読むにしても、タイミングが重要だと思う。病院では全然読めなかったけど、この後に刑事施設で同じ『だから、あなたも生きぬいて』を読んだときは深い感銘を受けた。この本が人生をがらっと変えるきっかけになったけど、この入院中はまだそのタイミングじゃなかった。

この病院には半年くらい入院させられた。

はっきり言って、この病院に対しては良い思いがない。

先生もスタッフも、患者を人間扱いしていないと感じた。僕は性格も身体も元気で、なんならすぐに暴れるくらいの患者だったから比較的やさしくしてもらえたけど、弱い患者に対しての身体的・精神的ハラスメントはひどかった。

僕の入院していた間だけでも自殺した患者がいたし、自殺未遂もしょっちゅうあった。精神病院に強制的な入院をさせられて、僕のように社会的な復活をできた人は少数だ。このときの経験を活かして、強制入院患者に対する処遇改善の活動をすべきなのかもしれない。

この病院は半年くらいで退院できて、ようやく実家での生活をスタートした。ところが、退院して実家生活をはじめてすぐに、渋谷警察がきて僕は逮捕された。「覚せい剤取締法違反（使用）」の罪だった。

留置場

２００５年10月、渋谷署の留置場に勾留された。逮捕勾留は４回目くらいだったから、特別驚くようなことは何もなかった。

罪名は、「覚せい剤取締法違反」。覚醒剤の使用罪だ。

スクランブル交差点から連れて行かれた松沢病院で採取した血液が警察に任意提出されて、覚醒剤が検出されたそうだ。

これは今になって考えると、結構問題のある証拠収集だ。

本来は、血液を証拠として押収するためには、特別な令状（鑑定処分許可状と身体検査令状）が必要だ。僕から血液を採取したのは病院だから、確かに血液採取に令状は必要ない。しかし、警察が連れてきた僕の同意なしで血液を採取してそれを警察に任意提出した病院、その血液を鑑定して犯罪の証拠とした警察、これがまかり通るならはっきり言って令状なしに血液の押収が可能になってしまう。

もし、今の僕が弁護人でこのような証拠収集の覚醒剤事件があったら、違法を争ってみたい。

この逮捕は、取調べが少なくてつらかった。20日間で3回くらいしか取調べに呼ばれなかったと思う。

この時代はまだ取調べでタバコを吸わせてくれたから、取調べしてほしくてしかたがなかった。現在の取り扱いはタバコを吸えないが、これはタバコ吸いたさに虚偽の自白をしたという事件が過去にあったかららしい。

黙秘すると警察は口を割らせるために取調べにたくさん呼ぶ。以前に逮捕されたときはいつも黙秘だったから取調べが多くて、毎日のように取調べに出されるのが普通だと思っていた。

ところがこの時は完全にほったらかされて、とにかくヒマだった。シャバにいる人は時間に追われるから考えられないだろうけど、刑事施設や精神病院ではヒマとの闘いがカギになる。朝6時に起きたとき、「夜9時まであと15時間ある」と考えるとなかなかにゾッとしたものだ。

母が週一くらいでいわき市から渋谷署まで面会に来てくれて、本を差入れしてくれた。留置場があまりにヒマだったから、入院していた時に買ってそのまま使っていなかった宅建のテキストの差入れも頼んだ。時間つぶしに勉強する気になった。

母は、宅建のテキストと一緒に『だから、あなたも生きぬいて』を買って差入れしてくれた。『だから、あなたも生きぬいて』を手に取ったのはこのときが2回目だったが、留置場で読んだこの本は僕にハマりまくった。一気に最後まで読んで、何度も読み返した。

なぜ、大平先生の本が刑事施設にいる者にこれほど感銘を与えるのか?

いじめられて自殺未遂から、非行、ヤクザの世界へ一気に転落するという序盤の生々しい描写が、絶望的な気持ちになっている刑事収容者にある意味で寄り添ってくれるのだと思う。

「人生を失敗したのは自分だけじゃない」と勇気づけられるし、本の後半は怒涛のまくりで弁護士まで駆け登る。パクられている被疑者・被告人の精神状態にフィットして「自分ももう一度やり直そう」と思わせるだけのインパクトがある。

僕は、『だから、あなたも生きぬいて』を目指してこの本を書き始めたから、前半のヤクザ時代の描写はあえて生々しく書いた。

一般の人からしたら不快な世界、というか理解不能な世界だと思うけど、これを表現することで共感してもらえる層が一定数いる。そんな人生に絶望している人にこそ、これを読んでほしいのだ。

僕は、司法試験を目指して勉強を始めることにした。大平先生を見習って、まずは宅建の資格から取ろうと決めた。

「強く決意した」とまでは言えない。「なれたらいいな。俺も勉強をしてみよう」程度であったけれど、これは貴重な一歩だ。留置場だから机もなかったけど、床にテキストを広げて、僕は宅建の勉強を始めた。

「前科のある人が弁護士になれるんですか？」

とよく聞かれるけど、これは法文上明らかだ。まず、司法試験に合格した後の司法修習には資格制限がある。司法修習は国家公務員だからだ。


【国家公務員法第38条（国家公務員の欠格事由）】

・禁錮以上の刑に処せられ、その執行を終わるまで又はその執行を受けることがなくなるまでの者
・懲戒免職の処分を受け、当該処分の日から2年を経過しない者
・日本国憲法施行の日以後において、日本国憲法又はその下に成立した政府を暴力で破壊することを主張する政党その他の団体を結成し、又はこれに加入した者

次に、【弁護士法第7条の欠格事由】

一　禁錮以上の刑に処せられた者
二　弾劾裁判所の罷免の裁判を受けた者
三　懲戒の処分により、弁護士若しくは外国法事務弁護士であつて除名され、弁理士であつて業務を禁止され、公認会計士であつて登録を抹消され、税理士であつて業務を禁止され、若しくは公務員であつて免職され、又は税理士であつた者であつて税理士業務の禁止の懲戒処分を受けるべきであつたことについて決定を受け、その処分を受けた日から三年を経過しない者
四　破産手続開始の決定を受けて復権を得ない者

これらの欠格事由に該当しなければ、弁護士になるのに法律上の制限はない。僕は執行猶予付きの判決だったから、猶予期間を経過すればどちらの欠格事由にも該当しなくなる。

このとき選任した弁護人は、当番弁護士制度で呼んだ先生を私選で雇った。このころは被疑者国選がなかった。

そして、このときの僕は、国選弁護人を選任することが恥ずかしいことだと思っていた。一家の弁護をたくさんしてくれていたヤメ検先生がいたけど、破門された身分でこの先生を呼ぶことはやめておいた。

今さらこんなこと言っても仕方ないが、簡単な事件で大した弁護もしないくせに弁護費用を150万も取りやがって、最低の弁護士だったなと思う。しかも、依頼人である僕と費用の交渉をせずに、何も分からないうちの母と交渉して150万もふんだくりやがった。委任契約書なんてものもなかった。

15年以上経っても依頼者からこうやって恨まれるような弁護活動をしないよう自分への戒めも込めて、あえて厳しい意見を書いておく。あの時の弁護人はいまだに現役で弁護士のようだから、もし僕のこの本に気づいたら、あの時の弁護活動と弁護費用を反省してもらいたい。

20日勾留の後に起訴されて3週間くらいしてから保釈された。この保釈が遅かったことも、当時の弁護人を恨んでいる理由の一つだ。

認めの覚醒剤使用、ヤクザとはいえ初犯だったから、保釈されるのが当然だ。それならなぜ、起訴されてから3週間も保釈申請に時間がかかったのか？　なぜ保釈金が相場よりも50万ほど高い２００万だったのか？　そしてなぜ、この保釈許可の報酬として20万（保釈金の10％）を弁護人先生に取られたのか？　いまだに納得がいかないことも多い。

20年ちかく前のことだから、こういういい加減な刑事弁護活動がまかり通っていたのだろう。現在の僕なら、絶対にこんな弁護はしない。

保釈

保釈されていわき市の実家へ戻った。

弁選人の先生のことをめちゃくちゃ悪く書いたけど、保釈が許可されて先生が拘置所まで迎えにきてくれたときは嬉しかった。弁護士はそのくらい被疑者・被告人から頼りにされる存在なのだ。

刑事事件を扱う先生方には、いい加減な弁護をするのは本当にやめていただきたいと願う。

なんと、先生の事務所は僕のシャブ密売アジトと同じ道玄坂のマンションだった。先生に連れられて事務所へ入るとき、マンションに郷愁を感じた。母が迎えに来るまで、事務所の窓から思い出深い道玄坂の風景を眺めた。

保釈中に特別なにかしたということはない。

保釈中、宅建の勉強をしていたか？　というと、ちょっとずつはやったけど、まだまだ本腰を入れられていなかった。10年近くヤクザ生活をしておいて、机に向かってちまちま勉強なんてすぐにはできなかった。

ただただ、だらだらと生活していた。

それでも、シャブを使わないでシャバの生活をする、これだけでも十分に更生へ向かっていたなと思う。

人生やり直しのときに、焦ってはならない。焦りは禁物だ。ゆっくりと社会に歩調を合わせて、そのスピードに慣れる。反撃するのはスピードに慣れてからだ。焦るから、なかなか前に進まないことにイライラして脱落してしまうことが多い。

判決

平成17年12月26日。

判決は、懲役1年6月執行猶予3年だった。

判決の量刑は予想していた通りで、実刑になるとは1ミリも思っていなかった。それでも、判決のあとは清々しさを感じた。


被告人質問で、「これからは、司法試験を目指します」と話した。弁護人の先生はさらっとした質問だったし、検察官の質問は覚えてすらいないけど、裁判官は「君ならできると思いますよ。頑張ってください」と言ってくれた。シャブにボケてヤクザも破門されたクズの僕の話を、裁判官が信じてくれたことが嬉しかった。

刑事裁判は、被告人にとって一生記憶に残る厳粛な儀式のようなものだ。それから司法試験に合格するまでの7年間、僕は、裁判で自分が言った「司法試験を目指す」という宣言を忠実に実践した。裁判官の「君ならできる」を思い出しては、くじけそうなとき励みにした。

判決をもらった帰りの電車で、窓の外を眺めながら「本気でやってみよう」と誓った。

第五章　勉強漬けの日々

宅建の勉強

宅建の勉強は、本当に苦労した。いろんなところで言っているけど、宅建・司法書士・司法試験のうちで宅建が一番しんどかった。

精神病院にいた平成17年7月ごろから勉強を始めて、平成18年10月の試験に合格したから、勉強期間は1年3カ月だった。

この1年3カ月の勉強を当時の状態に戻ってもう一度始めからやれと言われたら、ちょっともうやりたくない。

冗談ぬきで、「うわー!」と叫んでしまうくらい勉強が苦痛だった。

病院の机でテキストを読んでいた頃は、内容がまったく頭に入ってこなかった。10分もすればすぐに嫌になってしまうのだ。

精神薬を飲んでいたから、このころは「精神薬のせいで集中ができなくてだめだ」などと言い訳していた。でも、退院後も同じ精神薬を飲みながら勉強できるようになっていったのだから、精神薬のせいではない。

単純に、勉強をする習慣が身についていなかったのだ。このころは10年くらい勉強から遠ざかっていたのだから当然だ。

「習慣」というのは、すごい。宅建の勉強からスタートして7年後に司法試験に合格したわけだけど、司法試験の受験のころにはすっかり勉強する習慣が身についていた。

頭がいいとか根性があるとか褒めてもらえるのは嬉しいけど、僕が司法試験に合格できたのは勉強の習慣を身につけたからだ。頭がよくて根性があるなら、ヤクザなんかならずに東大に行けていたはずだ。

「習慣」を手に入れるには何度も言うけど、毎日繰り返すこと。しんどくても諦めない。やめたくなっても「今日だけ」「もう一日だけ」と続けていると、いつしか何の苦痛も感じずに当たり前にこなせるようになる。

いきなり、テキストを頭から読もうとしたことも間違いだった。

これは、資格の勉強を始める人に多い失敗だと思うけど、テキストより先に問題集や過去問をやるべきだった。

宅建受験のときに培った勉強法についてはあとで詳しく紹介しようと思う。

予備校に申込むも逮捕される

平成17年10月に病院を退院して、実家暮らしをスタートした。

シャブでこわれていた僕もこのころには大分回復していた。あいかわらず勉強は手につかなかったけど、日常生活に困るようなことはなかった。

宅建の勉強は、予備校の講座を申込んだ。

テキストを読んでも進まないというよりも、一日に5行くらいしか読めなかった。そもそも勉強のやり方が分からないから、教えてほしいという気持ちがあった。

「大学受験までしたのだから勉強のやり方を少しはわかっていただろう」と思うかもしれないが、本当にまったく分からなかった。高校生までは、学校や塾で指示されたことを言われた通りにやるのが勉強だったから、自主的に計画を立てて自分で勉強を進めるというイメージが身についていなかったのだ。浪人して大学受験に失敗したのも、ここにひとつの原因があると思う。

ところが、予備校に申込んですぐに、渋谷警察がお迎えに来た。

保釈されるまでの1カ月半の間は、留置場に差入れしてもらってテキストを読んだ。このとき『だからあなたも生きぬいて』も差入れてもらってから、それを何回も読み返しながら勉強をした。この本はやる気をださせてくれただけじゃなくて、勉強のやり方の参考にもなった。

留置場は机がない。メシも床にゴザをしいて配膳されたものを食べる。床にはいつくばって、ボールペンを持ちながらテキストを読んでいる姿はなかなか滑稽だっただろう。同房の二人はそんな僕を見てすごく感心していた。仰向けになったりゴロゴロしながらも、テキストを読み進めた。

留置場でも勉強していたことは、自分のなかでポジティブな自信になった。思い出すたびに、「あんな状況でも勉強していたやつは他にいないだろう。オレはすごい」と思えた。

机に座っていられない

11月に保釈で釈放されたから、ここから何の支障もなく勉強に集中できるはずだが、そう甘くなかった。20代まるまる不良生活して、机に向かう習慣がなかった。冗談ぬきで、留置場でゴロゴロしながら勉強のほうが進みがよかったと感じるくらい、机に座っていられなかった。

今考えると、体幹の筋力が足りなかったことも原因だと思う。精神病院でも留置場でも、常に寝っ転がっていたから、椅子にしばらく座るだけの筋力が衰えてしまっていたのではないだろうか。勉強を始めて最初に立ちはだかったのが、この問題だった。

10分机に向かったら、テキストを読みながら寝っ転がったり、部屋のなかをぐるぐる歩いたりするなど、いろいろ試しながら勉強した。

それでも、試験を半年後に控えた4月頃にはだいぶ机に向かえるようになっていた。僕の集中が続くのは30分間が限度（いまだにそう）なので、30分×4セットで一日2時間くらいは机に向かって勉強できるまでになっていた。

実家暮らしの利点

恵まれていたことに、実家暮らしで、仕事をしなくても生活できた。実家暮らしは、受験勉強をするのに非常に有利だ。その点については間違いない。

ただ、「諸橋は実家暮らしだったから宅建に合格できた。オレは家庭があって仕事をしながらだから宅建の勉強は無理だ」と諦めてはいけない。恵まれた環境にあったとはいえ、僕が勉強していたのは、毎日たったの2時間だ。それでも結構大変だったけど、それ以外の時間はネットやテレビをみたりゴロゴロしたりしていて、無駄に過ごしていた。

仕事をしながら勉強をしている社会人受験生には諦めないでほしい。15分くらいの隙間時間のたびに勉強をするようにすれば、なんとか一日2時間くらいの勉強時間であれば確保できるだろう。

ちょこちょこ勉強を「習慣」化する。習慣になるまで、ちょこちょこ勉強を続ける。諦めずに続けていけば、必ず成果に結びつく。

「宅建という資格の勉強をしている」と地元の友人たちに言うと、みんなの反応は冷ややかだった。

「30になるまでヤクザして、これだけ親に迷惑かけたのだから、もう落ち着いて働けよ」と言われた。友人たちのこの反応はもっともだ。

「最終的には司法試験を目指してる」

と言ったときには、

「夢みたいなこと言うなよ」

と怒られたこともあった。

でも、このときは、「頑張れば、弁護士になれる可能性がある」というのが僕にとっての支えだった。自分の可能性を信じていたから、頑張れた。ポジティブな目標のおかげで、実家にとどまっておとなしく生活をすることができた。もし、「司法試験を目指す」という目標がなければ、ヤクザやシャブの仲間に連絡をとって東京に舞い戻っていたと思う。

あせって仕事につかないで資格の勉強をしたことが、結果的に僕をシャブから守ってくれた。

ヤクザの感覚がぬけない

肩で風を切って歩いていたヤクザが、カタギになったとたんに人にペコペコして働かなければならない。これは、ヤクザをやめた人がみなぶち当たるハードルだろう。このハードルを乗り越えられずに、ヤクザに舞い戻ってしまったケースをたくさんみてきた。ヤクザは自分のことを「えらい」と勘違いして生きている。そうじゃなければヤクザ稼業は成り立たないのだ。

「誰にもの言ってんだよ！」というヤクザの決まり文句、これはかなり高い自尊心がなければ口から出てこない。人から軽んじられるようなことがあれば暴力的言動をもって自分と組織の権威を高めろ、そう教育されているのだ。

僕は、ヤクザにしてはそれほど粗暴な性格ではなかったと思う。そんな僕でも、ヤクザのときは、後ろからクラクションを鳴らされれば勢いよく車から降りていって相手を怒鳴りちらしていた。周りにいた人たちも僕を軽んじるようなことはまずなかったし、僕は親分のカバン持ちだったからヤクザの中でも立ててもらっていたほうだ。

僕は、ご多分に漏れず、「自分はえらい」と勘違いしていた。

実家での生活を始めてからすぐ、運転中のトラブルで怒鳴りあいのケンカが2回くらいあった。自分からケンカを売ったことはないが、相手があおってきたときに目をそらせなかったし、文句を言われたときに「すみません」と言えなかった。

執行猶予中だというのがブレーキになって殴り合いにまでならなかったけど、一般のお兄ちゃんにケンカを売られても手を出さないで我慢するというのはなかなかにつらいものがあった。

一般の人からしたら、当たり前のことだろう。ケンカを売られても買わない。これがヤクザを辞めたばかりの人間にはとても難しいのだ。

運動でリフレッシュ

少しずつだけど、勉強の合間に運動を始めた。

最初は軽く散歩したりする程度だったけど、勉強の息抜き・リフレッシュにはよい効果があった。

精神病院を退院したころ、体重は100キロ近くあったと思う。このころ飲んでいた精神薬は、身体がだるくなって動きが鈍くなった。「太るよ」と、医師からも説明を受けていた。さすがに痩せようと思い、ダイエット目的で運動を始めた。汗をかいてリフレッシュすることが気持ちよかった。体重が100キロもあると、ちょっとの散歩でも汗びっしょりだった。

そのうち、ダイエット目的より、楽しくて運動するようになった。

実は、運動の気持ち良さに気づいたのは、宅建の勉強を始めるより前のことだ。まだシャブにボケて、渋谷にいたころの話である。

普通、シャブに浸かるとギャンブルや性欲に走るものだが、僕はなんとトレーニングにはまった。

シャブをきめていると筋肉の限界を超えたパワーが出せる。ギンギンにシャブを効かしてからトレーニングをして、プロテインをガブ飲みする。アスリートなら完全にドーピング違反になるようなトレーニングを、シャブにボケた僕は、夜中の代々木公園で一人でしていた。

周りの仲間が離れて一人ぼっちになっていたとき、トレーニングくらいしかやることがなかったというのもある。

トレーニングにハマるというのは、依存症の人にはお勧めの依存の逃がし方だ。最初はしんどいけど、だんだん筋肉に乳酸が溜まること（疲労すること）が快感になってくるから不思議だ。トレーニングにうまくハマって依存を切ることに成功している方は多くいる。

しかし僕はシャブとトレーニングを併用していたから、これではまったくダメだった。それでも、トレーニングの気持ちよさを知っていたことは後々にシャブを断つことに役立った。執行猶予判決をもらい、実家で宅建の勉強をスタートしたころに、シャブなしでも運動の清々しさを楽しめるようになったのだ。

そして僕は、どんどん運動にハマっていった。

最初のうちは、晩メシのあと風呂に入る前の時間帯に運動していた。

運動をすると、血圧上昇と興奮作用があるから、眠りにつく数時間前の運動は、睡眠を阻害するため、適さないらしい。

宅建受験のころは、風呂を上がった後に深夜3時や4時まで起きて勉強とかをしていたから、夜の19時〜21時くらいに運動することが睡眠サイクルにもあっていた。

宅建の受験で身についた勉強法

僕が見つけた受験勉強のコツは、過去問や市販の問題集を繰り返すことだ。

テキストを読むのは、問題集を解き終わってどんな問題が出されるのかイメージを持ってからで良い。やみくもにテキストをべた読みすると、重要でない部分を暗記するように読み込んでしまったりして無駄が多いのだ。

受験までの時間がないなら、問題集で間違ったところだけテキストを読むでもいいと思う。つまり、テキストの通読を一度もしなくても合格には足りる。

この「問題集を先にやりましょう」という方法は受験に特化した勉強法なのであって、学問的な教養を身につけることを一切無視している。僕は、「教養なんてものは合格してから身につければよい」と思っていた。

問題集は「繰り返す」ことが大事だ。逆に言うと、しっかりと問題に向き合って1周だけ取り組むみたいなやり方ではあまり身につかない。サラっとでいいから問題を解く、すぐに回答を読む。これが一番だ。

時間をかけて記憶を絞り出す必要はないし、そもそも絞り出さなければ出てこないような記憶では受験に使えない。とっとと問題集を1周させて、すぐに2周目、3周目に突入する。

テキストは、必要に応じて、後回しで良い。これが、僕が宅建の受験で身につけた勉強法だ。基本的にこのやり方で、司法試験まで合格できた。

何度も間違える問題を絞ってその問題を繰り返し解く。不思議なもので、1回で身に付く問題と何度も間違いを繰り返す問題がある。「なんでだろう?」と悩んでも仕方ない。

間違えを繰り返すところに付箋を貼って、間違えやすい問題だけ解くこともした。

図やイラストを使って記憶に残す方法も良かった。

僕は、絵やマンガを描くのが好きだ。子どものころから、文字だけの本はまったくといっていいほど読まなかったけど、マンガはよく読んだ。本を読むことに苦手意識はなかったけど、マンガの方が断然好きだった。文字だけの情報は脳が受け付けないが、イラストが一緒にあると記憶に残る。

宅建のテキストにもイラストが少しはあったけど、それでも僕には文字が多すぎると感じた。そこで、僕は、ノートをとるときやテキストに書き込みをするときに、図やイラストを一緒に書き込むようにした。知識を思い出すときに、そのイラストと一緒に記憶から取り出すことができた。

これは、特に暗記が必要な科目のときに有効だった。

いまだに、民法の条文を思い出すときに、宅建の勉強の時のイラストを思い出す。イラストのおかげで、僕の記憶にしっかりと定着しているということであろう。

ついに本試験

本番1カ月前くらいにはすっかり仕上がっていて、模擬テストで50点満点中40点オーバーをとれるくらいだった。毎年変動するが、大体36点くらいが合格ラインである。

僕は、本試験がおわったその日のうちに自己採点して合格の手応えを得た。

試験が終わった開放感はすごかった。合格の手応えもあった。1年以上コツコツ努力して成果を出したという人生で初めての感覚に興奮した。

ところが僕は、試験の翌日に東京へ行って友人経由でシャブを仕入れてスリップした。

判決からまだ1年経過したくらいのころだったから、ポン中からの回復はまだまだ道なかばであった。

合格発表までの2カ月間は、パチンコ屋でバイトしていた。

このパチンコバイトでは、えらそうに指示してくる年下の社員との関係にイライラした。

休憩室で寝転がっている社員をハンマーで襲撃してやろうかと本気で計画したくらいだった。前にも書いたけど、ヤクザをやめたからといってすぐに性格が丸くなるわけではない。でも、こういうイライラをやり過ごしているうちにだんだんと忍耐力というかスルースキルみたいなのが身についてきて、そのうち生意気な兄ちゃんにもイラつかなくなった。

そして迎えた平成18年12月。僕は宅建試験に合格した。

この時点で、僕は自分のがんばりにかなり満足をしていた。ヤクザを辞めて宅建の資格をとっただけでも十分すごい。大平先生のマネをして始めたけど、「さすがに司法書士や司法試験は無理だろう」と内心思っていたのだ。

「宅建の資格を生かして不動産屋になろう」

そう決めて僕は、いわき市の不動産会社に就職した。

無職のまま母の世話になっていることに恥ずかしさを感じたということもあった。働くと言い出した僕に、母は、賛成も反対もしなかった。

不動産屋に勤務

不動産屋に勤めたけど、宅建に合格していたことは会社に申告しなかった。まだ執行猶予中で宅建の登録ができなかったので、「なんで登録しないの？」と突っ込まれたくなかったのだ。

アパート建築を地主さんにピンポン営業する仕事だったけど、すぐに嫌になった。営業すること自体、僕は好きだし、得意なほうだと思う。この仕事の嫌だった部分は、地主さんを騙して契約をとるところだった。税制面や資産運用のメリットなどで説得するのだが、経済合理性の欠如・収益予測が楽観的すぎるなど、僕が地主だったら絶対に契約しないパッケージだった。

母がアパート経営をしていたから、実質利回りの重要性や、空室リスクについて、僕は十分に理解していた。賃貸需要のないであろう土地の地主さんに、失敗が容易に想像されるアパート建築をもちかけることが嫌で嫌で仕方なかった。

それでも、知らない家にピンポンしてまわる飛び込み営業は、僕の性に合っていた。契約をとる意気込みは全然なかったけど、知らない家に飛び込むドキドキや地主さんと他愛もない世間話をすることが楽しくて毎日１００軒近くピンポンを叩いていた。

「さすがに無理だろう」と諦めていた司法書士試験の受験を決意したのは、宅建に合格した３カ月後くらいに祖母が亡くなったことがきっかけだった。

「不動産屋で頑張れよ」

亡くなったのは父方の祖母なのだが、葬式のときに父方のおじさんから、宅建に合格したことをすごくほめられた。そこで僕は、大平弁護士に憧れて勉強を頑張ったこと、それでも不動産屋の営業が自分に合わなかったことを話した。

親戚のおじさんは、

「それなら、焦って働かなくていい。せっかくだからもうちょっと勉強を頑張ればいいじゃないか」

と背中を押してくれた。

祖母が残してくれた遺産が少し入ったこともあって、僕は「もうしばらく働かないで、2年間だけはチャレンジしてみよう」と思った。弁護士になるための司法試験ではなく、まずは司法書士の試験に挑戦することに決めた。

司法書士試験に挑戦

司法書士試験の難易度は、宅建と比べものにならなかった。範囲が広いので、全体に目を通すだけですごく大変な量だった。それでも、宅建で身につけたスキルと生活習慣を使ってなんとか勉強をスタートさせた。

予備校に通い、そこでできた仲間と切磋琢磨しながらコツコツと勉強していった。

1回目の受験は、結果的に不合格だった。

それでも、収穫がたくさんあった。

本試験直前6月の模擬試験で、合格判定をとれた。「合格できるかも」というレベルにはあったはずだ。

「勉強開始から1年でここまでもってきただけでもすごい」と受験仲間たちから褒められた。どうやって勉強しているか教えてほしいと先輩受験生から質問されるくらいだった。「テキストは分からないときに読むだけにして、問題ばかり解いてる」と答えると、あまりに割り切った勉強法にみんな驚いていた。

この時は受験したその日のうちに自己採点して、不合格を確信した。何点だったのかもよく覚えていないが、午後の試験で時間配分をミスったという時点で全くダメだった。でも、悔しさより、本試験を終えた解放感があった。久しぶりにメチャクチャ酒を飲んで楽しかった覚えがある。

最後のスリップ

1回目の司法書士試験は平成20年だったから、平成17年の執行猶予判決から3年もたっていた。それでも、本試験を終えるとシャブをやりたくて仕方なかった。

本当にシャブの依存はしつこい、しつこいというより一生ついてまわるものだと覚悟しなければならない。僕は、今だってやりたい。「明日が地球最後の日ならなにをしたい？」みたいな究極の質問があるけど、僕は「シャブ」と即答だ。夢にシャブがでてくるなんて年に何回もある。

自己採点で本試験の不合格がわかったのだから、すぐに次年度の準備に入らないといけないのに、その前にシャブをやりたくてもうどうしようもなかった。

たしか試験を終えた2、3日後くらいには東京の友だちのところへ行って、最後のスリップをした。このときには東京の友だちにも、

「まじで？　まだやりたいの？　もうやめなよー」

とあきれられた。

スリップしたときはかなり自己嫌悪におちいって、本当に危険だった。どういう危険かというと、「オレはだめだー！　やっぱりやめられなかったー！」とさらにシャブに手を出したくなってしまったのだ。

そのままシャブに走らずにスリップで済んだのは、売人やポン中との直接の交友関係を絶っていたおかげだ。仕入れを頼んだ友人（ポン中ではない）に「また仕入れてくれ」とは頼めなかった。

覚醒剤依存について、ネットや本で情報がたくさん得られたこともよかった。「スリップ」が回復過程につきものであることを理解できたし、スリップについて「自己嫌悪しない」ことが重要だとも理解できた。

また、スリップの回数の多さについても問題視してはいけないようだ。僕は5回くらいでスリップが止まったけど、人によっては10回も20回もスリップしてから回復する人もいるらしい。

「10回もスリップした。もうだめだ」と考えるのではなく、「10回だめだったけど、今日から11回目のチャレンジだ」と、とにかく前向きに捉えなければならない。

結果的にこれが最後のスリップになったけど、いつまたスリップするかなんて分からない。

「もう大丈夫」と思ってからが危ない。常に、「自分はポン中だから、シャブやシャブ仲間に近づいてはいけない」という意識を持ち続けるようにしている。

ところで、一応言っておく。現在弁護士の業務では、シャブの話を聞いたり、シャブの写真を見たりしても、まったくムシがわかない。覚醒剤で捕まった依頼者のシャブ依存脱却を一緒に考えながら弁護活動をすることは、むしろ僕をシャブの欲求から守ってくれるし、覚醒剤事件の弁護をこれからも続けていきたいと思っている。

ついに合格

2回目の受験は、順調にいった。生活も朝型に変えたし、模擬試験で全国1位をとったり、まったくもって合格する感じしかしなかった。

迎えた本番当日、普段通りリラックスとはいかないまでも、大きなミスなく受験を終えた。

そして平成21年9月、僕は司法書士試験に合格した。

司法書士試験に合格したことは、とても嬉しかったし、自信になった。

このとき33歳で、合格者の平均年齢は31歳くらいだった。つまずいた僕の人生だったけど、「同世代の人たちにだいぶ追いついたな」と感じた。

司法試験を目指す

司法書士試験に合格したときには、これまでに感じたこともないような全能感があった。「チャレンジすれば無理なことなんてない。自分は落ちこぼれなんかじゃない。やろうと思えばなんでもできる」そう思った。

「大平先生のように次は司法試験、弁護士を目指そう！」と決めた。

ネットで「司法試験」について調べると、驚いたことに司法試験の制度が変更されていた。ロースクール（法科大学院）を卒業しないと受験できない新司法試験制度になっていたのだ。

一応、旧制度の試験も残っていたけど、平成23年で終了するということだった。このとき平成21年12月である。大卒の資格取得（旧制度は大卒資格が必要）も考えると、1年ちょっとでの旧制度試験合格は無理だ。

大平弁護士は旧制度での受験だったから、大卒の資格をとってから受験する必要があった。ところが新制度の受験はそれよりもさらにハードルが高い。大卒だけではなく、さらにロースクールを卒業しなければならなかった。

これには困った。大学を1年で中退している僕は、大卒の資格を得てさらにロースクールへ入学して卒業しなければならないというわけだ。

そこで、「大卒じゃなくてもロースクールを受験できないか？」と調べることにした。ロースクールは2年（法学既習者）コースと3年（法学未修者）コースがあるから、3年コースなら大学の法学部卒じゃない自分でも受験できないか？　という期待もあった。

ところが調べてみると、2年コースでも3年コースでも受験できる可能性があることに気がついた。どちらのコースも「大学卒業程度の学力があると本学が認める者」という受験資格が、どこのロースクールにも設けられていた。「大学卒業程度の学力がある」とはどのような人なのか？　というのはよく分からなかったが、とにかく僕は、自分には受験資格を得るチャンスがあると感じた。何と言っても、司法書士試験に合格した実績がある。この事情を、「大学卒業程度の学力あり」と評価してくれるロースクールがどこかにあるはずだ。

受験できるかどうかもまだ不確定だったけど、僕は、ロースクール受験の勉強を始めた。

受験勉強を始める

ロースクール受験は5月くらいから始まる。

勉強をはじめたのは12月になっていたから、受験まであと5カ月しかなくて、本当に時間が足りなかった。

ロースクール受験だったけど、旧制度司法試験の予備校講座を申し込んだ。ビデオ受講ではなくて、ネット受講だ。

ロースクール受験と旧制度司法試験は出題範囲や出題傾向がほぼかぶる。また、ロースクール受験が認められなかったときには、旧制度司法試験の受験（平成23年最後の旧制度試験）に変更することも視野に入れていたというのもある。

司法試験の科目は、論文式試験と択一式試験がある。ロースクール受験にも択一式試験のあるところがあった。

僕は司法書士試験や行政書士試験に合格していたから、択一試験は準備しなくてもある程度の点数を取れそうだった。そのため、論文式試験の準備に集中した。

論文の勉強の仕方は、問題集の解答を「写経（書き写すだけ）」し続けた。また、答案解答のうち法律解釈の部分を抜き出した論証カードの暗記にも力を入れた。

予備校のネット講義はＩＣレコーダーに入れて、散歩や運動しながら倍速で聞き流した。テキストは分からないところを調べるくらいしか見なかった。

問題集を解きまくる・図やイラストを描いて覚える・何度も繰り返す、テキストのベタ読みをしない、それまでの試験で身につけたやり方で勉強した。これまでのやり方が、司法試験やロースクール受験にも通用するだろうという自信があった。

東京の専門学校

平成22年4月、4年間でロースクール受験資格を得られるという、東京の専門学校へ入学した。

ロースクール受験資格「大学卒業程度の学力あり」が認定されなかった場合は、この専門学校を卒業してからロースクール受験をしなければならない。

並行して、旧制度試験の受験も目指すつもりだった。専門学校の学費については、司法書士資格を評価してもらって免除してもらえた。

結局、4月に入学して3回くらいしか専門学校へ行かなかった。入学してすぐに、受験資格を認めてくれるロースクールが見つかったからだ。

専門学校に通う必要はなくなってからも、9月ごろまで東京での一人暮らしを続けた。ロースクールの受験会場が東京だったため、東京の予備校で答案練習をしようと思ったのだ。いわき市にロースクール受験の予備校がなかったのも、大きな理由だった。

5年ぶりくらいの東京暮らしだった。

高校を卒業してすぐ上京したときに失敗した教訓があったから、自分のなかでルールを決めた。

・朝型の生活リズムをくずさない
・携帯をもたない、東京の仲間に連絡しない
・麻雀などギャンブルをしない

特に、東京の仲間に連絡しないことが重要だった。平成20年にスリップしてからまだ2年くらいしか経ってなかったから、まだまだシャブに手を出す危険があった。

4カ月くらいの東京生活だったけど、このルールをきちんと守れた。後で書くけど、ブログを開設してたくさんの人の目に触れられながら生活したことがよかったと思う。

関東と関西の私大ロースクール15校くらいに、受験資格の認定を求める願書を出した。

この願書には受験料のようなものはかからなかった。

結果、関西の私大ロースクール４校すべてから受験資格の認定をもらえた。関東の私大ロースクールは10校くらいのうち２校だけから受験資格の認定をもらえた。

最終的に断られてしまったが、某有名私大のロースクールは、かなり前向きに受験を検討してくれた。職員の方から何度も電話をもらい、親身になって、事情を追加で聞かれたり、追加の資料を求められたりした。結果のお知らせも、メールじゃなくて電話がかかってきた。僕は、そのロースクールにとても良い印象を持った。

弁護士になってから、そのロースクールの卒業生がたくさん周りにいて、彼らの話を聞くとやはりよいロースクールなんだろうなと感じる。

ブログが炎上する

司法書士試験が終わってから、パソコンを買った。情報収集にネットが必要不可欠だった。ロースクール受験までのこの期間は、どっぷりネットの沼に落ちていた。ＳＮＳやネットゲームを通して、家にいながら世界中の人と交流できるすごさに僕はすっかりはまってしまった。

情報収集のつもりで始めたブログだったけど、情報発信にも熱心になってしまった。「チンピラから司法試験を目指します」と宣言して、毎日の勉強報告をしていた。

受験仲間がたくさんできて、オフ会で集まったり、ライブ配信を同時接続して一緒に勉強したりもした。

このときのブログで繋がった人たちとの交流は今も続いている。妻を僕に紹介してくれた方もこのブログの繋がりだ。

ところが、司法試験の受験生たちに僕のブログは不評だった。

このころの言葉づかいはまだバリバリヤクザ口調だったから、ブログの書きっぷりに反発が集まった。それまでの人生でネットで中傷された経験なんてなかったから、コメントに全力で反論したりして、スルーするなんてできなかった。

ネット掲示板に僕のスレッドをたてられて、「シャブ中がシャブをやめられるわけない」とか「司法試験なんて無理だ」と山盛り叩かれた。ブログの閲覧数が急上昇してびっくりした。コメント欄も荒らされて、いわゆる「炎上」をしてしまった。

結果的に、このブログ炎上が僕に強いモチベーションを与えてくれた。「お前なんかだめだ」というような攻撃的な言動を受けて、こんなにアンチがたくさんいると思うと燃えた。「合格して絶対にこいつらを見返したい」とものすごく強い気持ちになった。

この炎上の件から、シャブのスリップがない。

東京での生活だったけど、「もしシャブに手を出したらアンチの言う通りになる」という思いから、まったく東京の仲間に連絡を取ろうと言う気にならなかった。そして、結果的に司法試験を1回で合格できた。

僕はネットで人を中傷することに賛成しない。問題行動をした人を叩いて制裁を加えたくなる気持ちも分かるけど、行動の責任や刑罰については司法に任せるべきだ。攻撃しているとき、人は加熱しすぎる。特に正義感を動機としているときは熱狂しやすく、やりすぎてしまう。

その上で、ネット中傷を受けている方へ助言したい。炎上してしまった自分の行動は反省するとして、『炎上させているアンチを見返してやる』と強い気持ちを持ってやり直そう。僕は結果として、炎上したことに対する反発心がそれまでで一番強いモチベーションとなった。

ロースクール受験

関西のロースクール2校と東京のロースクール1校を受験した。すべて既修者2年コースだ。

僕は学費全額免除の特待生を狙っており、関西のロースクール2校が本命だった。関西のローの方が特待生認定の割合が高いという情報があったのだ。

受験は5月から7月くらいの時期だった。

受験勉強は、5月頃に予備校ネット受講をなんとか終えて、あとは答案練習ばかりしていた。答案を書いて書いて書きまくって、論証パターンを覚えた。まだこのころは、問題から論点の抽出ができていなかったけど、なんとなくそれっぽい論点の論証パターンを答案に並べて書いていた。司法試験はこのやり方ではダメだけど、ロー受験の段階ではこれでいけた。

関西のロー2校とも、東京で受験できたことは助かった。

最初に受験した大阪府吹田市のローから学費全額免除の特待生合格をいただいた。そのローへ行くことにほぼ決めたけど、その合格を知った後にあった他のロー受験も一応行ってそれらもすべて合格した。この2校からは学費全額免除はもらえなかった。

択一式の勉強

ロースクール受験を終えた僕は、いわき市の実家に戻った。

吹田市のローへ行くことにして、択一式試験の勉強をした。「司法試験は択一式の対策が重要だ」とネット仲間から教えてもらった。ローに入学するまでの数カ月の間に択一式試験に特化して勉強して、できることなら「択一だけ合格レベルまで持っていきたい」と頑張った。

勉強のやり方はそれまで通り。科目ごとの過去問集を何回も何回も繰り返す。20年分の過去問をすべての科目で3周くらいはした。

司法書士試験の知識があったから、民法と商法とだけは十分に合格レベルだった。訴訟法の知識をつけるのが大事だと感じた。手続法の知識をつけるには、これはもう暗記するしかない。手続きごとの違い（例：弁論準備と書面準備との違い）を表みたいなのにまとめてトイレやお風呂など家中にベタベタ貼った。一緒に生活していた母には迷惑なことだ。

ロー入学前の予備校模試では、220点くらいだった。大体260点くらいが合格レベルなのでちょっと届かなかったけど、「司法試験まで2年あるからこれならいける」と自信をもった。

学費や生活費

「ロースクール行くなんてよくそんなにお金ありましたね」とよく言われる。

僕のうちはお金がなかったわけじゃないけど、実際のところ、僕はロースクールにそれほどお金をかけてない。特待生で入学したから学費は免除されたし、奨学金を借りれば質素な生活費には十分だった。しかも、この借りた奨学金は成績優秀なら返済免除にしてもらえる。僕も半額の返済免除をしてもらった。

2年間のロースクールで、手持ち資金はまったく使わずに残った奨学金負債は100万円くらいだと思う。毎月分割で返しているけど、返済額は数千円だ。お金がなくてもロースクールへ行くことは可能だ。

①学費全額免除の特待生で合格
②奨学金を借りて成績優秀の返済免除

この2つの条件を満たせばよい。勉強さえ頑張れば、資金力のハンデは跳ね返せる。

東日本大震災

平成23年の2月末に大阪に引っ越した。ローのすぐ近くのアパートで、1分で学校の敷地にたどり着く。通学のハードルを下げることで、自習室に通いやすい環境を作った。

3月11日の東日本大震災には、本当に動揺した。僕はその時間に昼寝していたから、大阪での揺れにが気がつかなかった。

いわき市の実家の母と連絡が取れない。親戚なども全く連絡が取れない。このころはスマホの普及率も低く電話だけが唯一の連絡手段だった。

このときの教訓から、災害時の連絡手段用にTwitterのアカウントを作った。ちなみにこのアカウントはいまだに使っていて、SNS発信の中心にしている。

近所の居酒屋のテレビでみた津波の光景に絶望した。連絡を取れない母のことを考えて、居酒屋の帰りに何回も嘔吐した。この震災の光景を見て「人生観が変わった」と言う方がよくいるけど、僕はダメだった。

映像を見ただけだけど、このときの光景のせいでＰＴＳＤ症状のようなものが残っている。いまだに震災の映像や写真を直視できない。


数日後になってようやく母と連絡を取れた。

亡くなった犠牲者の皆さんには申し訳ないが、僕の親族や友人に亡くなった人がいなかったので、正直ホッとした。

震災のショックで、3月中ずっと精神不安定になってしまい、大阪の心療内科を受診した。

平成17年に入院していたいわき市の精神病院には、司法書士試験に合格するまで通院して精神薬を処方してもらっていた。そこから2年間くらい飲んでいなかったけど、震災のおかげで眠剤と安定剤の服用をまたするようになった。

精神薬の服用は嫌だけど、不安定な精神状態で過酷な受験を勝ち切ることは難しい、「あと2年間だけ服用しよう」と割り切った。

クラスメイトの存在

ロースクールの生活は、僕にとって楽しいものだった。

ネット上にしか仲間がいないそれまでの孤独な受験生活と違い、クラスメイトがいる。すぐにみんなと仲良くなった。

ロースクールで12歳くらい年下の学生たちと仲良くすることを、このときの僕はとても重要なことだと考えた。それまでの受験で受験仲間の重要性を痛感していた。僕は積極的にクラスメイトに話しかけたり飲み会を企画したりして、ローの人間関係を急いで構築した。僕は元来が陽気なキャラクターだから、友人をつくることに苦労はなかった。ヤクザだったころのオラつきや変なプライドを消すだけだった。

僕の経歴のことは、一部の教授にしか知らせなかった。クラスメイトや教授たちから怖がられたくなかった。

震災がきっかけでまたタバコを吸うようになっていて、自習室の勉強の合間や授業終わりに、喫煙所でみんなと無駄話するのが楽しかった。

ずいぶん年下のクラスメイトたちとの交流は、僕に新らしい影響を与えた。みんなアニメが好きで、僕もアニメを見るようになった。ヤクザだった僕がまさかアニメ好きになるとは思わなかった。

答案練習の自主ゼミをたくさん組んだ。結局のところ、この自主ゼミを組めたことがクラスメイトたちとの関係を築いた一番のメリットだった。

数人で集まって時間をはかって、論文の過去問を解く。解いた後はお互いの答案を見せ合って、批判したり褒めたりしながら、それぞれ答案の精度を高めていった。みんな仲がよかったから忖度なく意見を言い合って、論文の実力をあげるのにとてもよい効果があった。

クラスメイトはライバルでもある。

学費免除は進級するたびに上位者に入れ替わる。仲が良いからといっても、学費免除を勝ち取る意味ではみんなライバルだった。

ライバルを身近に意識しながら勉強できる環境というのも良かった。自習室で目に入るクラスメイトがガリガリやっていれば、マンガを読んだりせずに自分もやらなければという気持ちになる。みんなの勉強の進捗具合を知れるから、司法試験へ向けたペース配分の目安にもなる。

授業や定期試験の後にはみんなで打ち上げをした。

いつも通っていた居酒屋のママには本当によくしてもらった。いまも年賀状のやり取りをしている。年配のお客さんたちが多かったけど、みんな僕らによく奢ってくれた。

サッカーしたり、キャッチボールしたり、自転車で京都まで行ったり、梅田のヨドバシに買い物に行ったり、勉強の息抜きもみんなつきあってくれた。向こうはどう思ってるかわからないけど、僕はローの仲間にめぐまれたと思う。とても楽しくロースクール生活を満喫できた。

無事に卒業

平成25年3月、無事にロースクール卒業。成績は上の下あたり。

あっという間の2年間だった。

ロースクールのある駅のエリアからほとんど出ないで生活していたから、この駅前には、とても思い入れがある。お金がなかったから、学校の食堂ばかり利用していた。

年下のクラスメイトたちとの時間もすごく楽しかった。学生生活をまともに送らなかった僕にとって、キャンパスライフといえばこのロースクールのときの生活だ。

ロースクールのときの仲間とは今も仲が良い。弁護士になったやつ、ならなかったやついろいろだけど、年に一度くらいは顔をあわせて思い出話に花を咲かせる。

択一式の対策

ロースクールを卒業してから司法試験を受ける5月までは、1カ月間しかなかった。僕は、非常にリラックスして試験の準備をできた。

クラスメイトたちとは、相変わらずロースクールの自習室（卒業後も使える）でいつも一緒だった。お昼を食べながらみんなで無駄話するのがとてもよい息抜きになった。周りのみんなより僕のほうが準備が整っていると感じて、それが僕の精神状態をよくしてくれた原因でもある。

ロースクール受験のところでも書いたけど、「択一の対策が重要」と言うネット仲間の言葉を肝に銘じていた。択一の準備を早い段階からすすめておいて、司法試験直前期には論文の答案練習に集中した。これは、ロースクール入学前から決めていた僕の戦略だった。

不合格になる人のうち、「直前期に択一にばかり時間をとられて論文がおろそかになった」、「択一の準備に手が回らなくて択一足切りになった」という声をよく聞く。

とにかく、択一の対策を早く始めておくべきだ。

択一対策でやっていたことは、とにかく過去問をまわすこと。それだけ。

宅建や司法書士試験のころと同じやり方だ。問題を解くのにあまり深く考えないでぽんぽん解いてすぐに回答解説を読む。過去問を何回も何回も繰り返す。

友人とひまつぶしに問題を出し合ったこともあったけど、これは非効率だった。すぐに議論になってしまう。深く考えないでぽんぽん進めることが大事だ。

僕の択一試験の点数の推移はこんな感じだ。

・震災でメンタルがボロボロだったロー入学前の3月に模擬試験で220点。
・3年生に上がるときの春休みに模擬試験で220点。
・3年生の夏休みに同年過去問で250点。
・3年生の冬くらいにある模擬試験2回は、280点、290点。

この290点のときには、上位1%くらいにいた。もうこの後は択一の勉強を一切しないことにして、直前3カ月は論文の答案練習に集中できた。

論文の答案練習

2年生の秋から、毎週予備校の答案練習を受けた。全12回くらいで司法試験受験生向けの答案練習だから、1学年早く受けていたことになる。

最初のうちは、最後まで答案を書ききれなくてぼろぼろだった。まだ習ってない範囲の論点もあるわけだから仕方ないことだけど、僕は「分からない論点もそれっぽいことを書いてごまかそう。分からなくても最後まで書ききる論述力を身につけよう」と頑張った。

このときの答案練習は、僕の実力を飛躍的に上げてくれたと思う。学年も実力も自分より上の受験生たちと勝負することで自分の実力も引き上げられた感覚だ。

答案を最後まで書くという論述力はこのときに身についた。知らない論点や忘れてしまった論点があっても、まったく動じないで、法律解釈をそれっぽく論じることができるようになった。これは、司法試験において非常に有利に働く能力だ。

はっきり言って、答案練習に行く道中は憂鬱だった。

特に最初のうちは、全くアウェイのところへ、めちゃくちゃ難しい司法試験レベルの問題の答案を書きに行くのがしんどかった。答練は2時間から3時間くらいかかるから、集中力や体力の面からもしんどい。

予備校は大阪でもトップクラスの繁華街である梅田にあったから、答案練習の後は梅田のゲーセンや立ち飲み串かつ屋へ行くのを楽しみにした。答練は嫌で嫌で仕方なかったけど、その後にお楽しみがあると言い聞かせて重い足を予備校へ向かわせた。

この最初に受けた答練は、2年生の秋ころから年明けの2月くらいまであった。定期試験とかぶっていた回もあったけど、ちゃんと一度もサボらすに答練に通い切った。すごく自信になった。

3年生になっても、その調子で勉強を続けた。この時はすでに答練慣れしていて、全く苦にならなかった。答案を最後まで書ききる論述力はもう十分あって、わからない論点は多かったけど、途中答案というのはほぼなかった。

時間を余して上限の8枚まで書き切ることもよくあった。論点はだいたい見つけられるようになっていて、論証を思い出せないことがよくあったけど、それっぽく解釈して論述するのが得意だった。

最後の答練の成績は毎回AかB判定で、合格する手応えはかなりあった。

フィールド調査

僕は、司法試験の会場である「マイドームおおさか」を徹底的に調査していた。

驚くことに、2年以上かけて調査した。

会場近辺の地図を作成して、コンビニやベンチがある公園、綺麗なウォシュレット付きのトイレの場所などをたくさん書き込んだ。

本番の異常な雰囲気に呑まれずに実力を出しきるためには、会場をホームにしなければならないということを、宅建や司法書士試験で思い知らされていた。フィールドを調査して、隅から隅まで地理を頭にいれておけば、完全にホームの気分で受験できる。これは僕にとって非常に大事な戦略だった。


ロー入学のために大阪に引っ越した平成23年の2月末、僕はすぐにマイドームおおさかへ行った。「2年後にここで勝負する」と意気込んだ。

会場周辺を歩き回ると、昭和的な喫茶店も数軒あった。僕は、「毎週このあたりに通って、行きつけの喫茶店を作ろう。試験本番もそこでご飯を食べればリラックスできるだろう」と決めた。

それから2年間、毎週のようにマイドーム近辺へ行って、喫茶店をめぐりながら択一の勉強なんかをしてた。

クロスバイクを買って、吹田の家から30分くらいかけてチャリで通った。試験本番もチャリで行った。

会場周辺エリアを縦横無尽にチャリでめぐれる。本番のとき、チャリで移動できるから会場から離れた喫茶店へ行ける。

試験の合間に終わった問題の話題を話す不届者もいるから、受験生がいない喫茶店でのんびりと昼食をとれた。当日に終わった問題のことを話すのは本当に無駄で、精神への影響も甚だ悪い。

会場を完全にホーム化していたから、本番ではリラックスしていつも通り、むしろいつも以上の力をだせた。エリアを徹底調査しておいたことは勝因の一つだ。

具体的に何点取るか書いた紙も貼った。

公法　〇〇点
民事　〇〇点
刑事　〇〇点
択一　〇〇点

合計　〇〇点

１００位以内で合格！

本番で具体的に取りたい点数を紙に書いて、部屋の壁に貼った。

単に「合格！」と抽象的に書くより、目標を具体的に意識しやすい。

実際にほとんどの科目で、紙に書いたのと近い点数を取ることができた。

受験本番

周到すぎるくらいの準備をして本番に臨んだ。多少のやらかしはあったけど、1日目〜2日目は無難にまとめた。

中日の休みの日には「これはいけるな」という自信があった。むしろ「名前を書き忘れてないよな？」とか、そんな心配をしていた。

残りの科目（刑事系と択一式）に絶対の自信があったから、あとは大ヘタをうたないようにするだけだった。「せっかくの司法試験だ。残り2日間も楽しもう」そんな、ものすごいポジティブな心境だった。

4日目も無難にすませて、帰り道に大阪天満宮に寄った。

ここまで無難にまとめた。残りは択一だけ、僕はもう合格を確信していた。テンションが上がっていて、財布にはいっていた小銭をすべて賽銭箱に投げ込んだ。投げ込んだ中に500円玉も目に入って、「入れすぎたかな」とか思いながら、一人で大笑いした。不気味な姿だったろう。

5日目の択一は、当たり前にいつも通りに終わらせた。

マークミスが気になってしかたなかった。何回もチェックしたけど、それでも不安になった。7年かけて挑んできた受験の最後の最後だったから、慎重になりすぎた。

本試験の後は、ロースクールで受験指導のバイトをしながら過ごした。

択一の自己採点は270点くらい。狙った通りくらいの点数だ。

論文のできについても完全に自信があった。僕は、80点を狙わないけど、それなり60点くらいの答案を安定して書くことが得意だった。本番でもそれなりの答案を書き上げていたから、「これは受かったな」と確信していた。

受験指導のバイトをしていて、受験生のみんなは勉強の方向をちょっと間違えていると感じた。

目標はあくまで司法試験の合格なのに、それ以上やそれ以外のものを追いかけているような節があった。僕は60点くらいの答案を安定して書けるように努力してきて、それが合格に必要十分な答案作成能力だった。僕は、「そこまで追求しなくても合格答案は書けるよ」みたいなことをよく言っていた。

合格

平成25年9月。僕は司法試験に合格した。

発表前2週間くらいの間、とてつもなく不安定な精神状態だった。たしかずっと下痢していた。

合格の手応えは十分だった。でも、「司法試験に合格する」というのは僕にとってやっぱり夢のような話で、自分が合格するということを信じきれなかった。

ネットでも発表されるけど、僕は合格者の貼り出される会場へ向かった。

発表前の数時間をパソコンの前でやきもきしながら待って、いざ発表の時間になってもアクセス集中してなかなか見られない、という司法書士試験のときのトラウマ経験があった。

発表の会場へはわざと5分くらい遅れて着くように向かった。貼り出される瞬間をドキドキしながら待つのが嫌だったからだ。もちろん一人で行った。友人と行って、自分だけ落ちていたときに「おめでとう」と言えるわけない。

会場に着いて、人だかりのところへ向かった。お腹の底から湧き上がる興奮と恐怖をおさえる感じは、殴り込みに行くときみたいな心境だった。

貼り出された紙に近づいたら、すぐに自分の番号が目に飛び込んできた。

ゴクっとつばをのんで、頭がボーッとして、放心状態になった。

すごく悪い例えだけど、シャブを注射した感覚に似ていた。心臓がギューと苦しくて、身体中がザワザワした。

手元の番号と照らし合わせていたら、隣にいた男性から「番号ありましたか？　僕の番号があるんですけど信じられないので、これ（番号の書いてある受験票）あるのか一緒に確認してくれませんか？」と頼まれた。

彼の番号は間違いなくあった。「ありますよ。おめでとうございます！　僕も信じられないから、僕の番号があるのか見てください」と頼んだ。

「おめでとうございます！　ありますよ！」と言われて、知らない男性と握手した。ようやく、「合格したんだ」と思えた。

合格したであろう人たちが、携帯をかけていた。

みんながみんな「もしもし、お母さん……」と話していた。こういうときはやはり母親に連絡したくなるのだ。僕も母に電話して、合格を報告した。何を言っていいか分からず「番号あった」「よかったね」くらいの会話だった。

僕以外にも合格していたローの同期たちと合流して抱き合ってみんなで喜んだ。掲示板の前で記念写真を撮った。

その日の晩は、合格したメンバーや惜しくも不合格だった同期たちもみんな集まって、さんざん飲んで騒いだ。

みんなと別れて一人の家路、明け方の空を見上げて、涙があふれた。

ヤクザをクビになって精神病院で宅建の勉強を始めた。わき目もふらず勉強に打ち込んだ7年間を思って、自分の努力を褒めた。

シャブの裁判で裁判官が「君ならできるよ」と言ってくれたことを思い出した。「約束を果たせました」とつぶやいた。

生き直しのコツ

執行猶予判決をもらってから、7年間かけて司法試験に合格した。

ここで、今まで書いてきた僕の生き直しのコツを簡単にまとめておこう。前述の内容と重複するところもあるので、必要のない方は読み飛ばしていただいても構わない。

僕が実践した生き直しの方法は、大きく分けて次の3つだ。

① 生活リズムを朝型に整える

夜型の生活リズムは、人をネガティブにする。明るい青空の下のほうが、思考が前向きになる。僕が人生をマイナスからやり直すためには、ポジティブになることが重要な要素だった。自分の可能性を信じることが、長期間くじけずに努力を続けるためのエネルギーだった。ポジティブなマインドが、継続的な努力を可能にする。僕はそれを、朝型生活で手に入れた。

受験を目指している人へ向けて、強く言いたい。

勉強は朝にしたほうが絶対にいい。

睡眠から目を覚ましたばかりの脳は、疲労がたまっていないからパフォーマンスが一日で最も高い。昼間に知的な作業をしていないとしても、日常生活をこなすだけで脳はどんどん疲労する。何を食べるか？　何を着るか？　どの道を通るか？　その選択一つ一つが脳のヒットポイントを削っていると思ってほしい。最も脳がフレッシュな朝に、短時間・超集中して勉強するのが効率いいに決まっている。

朝から晩まで一日中長時間の勉強をするという人もいるが、そのことについても反対だ。集中力は限られている。１００％集中できるのは、すごく鍛錬してある人でも1日に5時間くらいを限度と考えるべきだ。集中の度合いが下がっているのにだらだら勉強するくらいなら、勉強を休んで脳がリフレッシュする活動をした方がいい。

ちなみにリフレッシュはスマホより、スポーツや散歩をおすすめする。

実は、僕もしばらく夜型生活リズムのまま受験勉強をしていた。1回目の司法書士試験に落ちたとき、自分の弱点を徹底分析して、受験に勝つための最もパワフルな回答にたどりついた。それが朝型の生活リズムだ。

僕が生活リズムを朝型にするために続けたのは、「毎朝、日の出とともに起きる」ということだけだ。

土曜も日曜も関係ない。盆も正月もだ。3カ月くらいかかるだろうけど、だんだんと朝起きることに苦痛を感じなくなり、日が沈むと自然と眠くなるサイクルに慣れてくる。

懲役の人は、いま朝型の生活をしているだろう。それをシャバに出ても続けてほしい。他の懲役の日課は捨ててもいい。本を読む、メシをよく噛んで食べる、身体を鍛える、それらも良い習慣だけど、それよりも朝型のリズムを守りぬくことを大事にしてほしい。シャバに出ると世間の人たちにあわせないといけないと焦ってしまうだろうけど、シャバの人間が夜遅くまで起きているところを真似する必要はない。

シャブをやめたい人たちは、シャブをやめる前に生活リズムを整えてみよう。

まず、シャブをやるのは「昼間だけ」にする。夜にやりたくなってもとっとと寝て、朝起きてからの楽しみにとっておこう。そして、朝型のリズムになってから、「さて、シャブをやめるか」という順番で結構だと思う。

「弁護士が覚醒剤をやめなくていいとはけしからん」と怒られそうだけど、物事には順番がある。無理にいきなりやめようとするから、リバウンドして余計にシャブに走ってしまう。健康的に無理なくシャブをやめるために、まず朝型になってからクスリを抜く方がいいのだ。

②人間関係を取捨選択する

自分を変えたいと願うなら、人間関係を見直そう。そして、必要に応じて入れ替えをしなければならない。

シャブをやめたいなら人間関係を断つ。みんながわかっていることだ。でも、それがなかなかできない。人間関係を「断つ」という寂しい言葉に問題があると思っている。

人間関係は「断つ」のじゃなくて「離れる」と表現した方がいいかもしれない。「断つ」だと一生のお別れのようで寂しくなってしまい、余計に連絡を取りたくなる。「離れる」であれば、一時的な別れなだけで時期がくればまた会えると感じる。

僕はそう考えることで、不良仲間との距離を置くことができた。そして、弁護士になって東京に戻ってきた僕のことをみんな快く歓迎してくれた。連絡を断った時は、「飛んだ」とか「死んだ」とか言われたみたいだけど、そんなことはどうでもいい。

人と人は、くっついたり離れたりするものであって、一生べったりワンツー関係なんて方がむしろ不自然だ。時代の情勢、仕事、趣味などに応じて、人間関係の構成を入れ替えていくのだ。

具体的な人間関係の組み方。僕が今でも定期的にやっている方法だ。

まず、自分の人的資源（家族、仲間、友達など）を思い出して、ふせんに一人一人を書き出す。一つのふせんに一人だ。

次に、自分が抱えているミッションを複数書き出す。

例えば、僕なら以下のようなミッションがある。

・地域密着・貢献
・ＳＮＳ発信力を強くする
・子どもの成長を楽しむ
・弁護士の顧問契約を増やす

・健康のためにスポーツ

ミッションを書き出したら、それらミッションに必要な人的資源を当てはめる。一人が複数のミッションに必要な場合はそれでいい、その人の名前のふせんを増やして複数に組み込む。

そして、当てはめ終わったときに、どのミッションにも必要じゃなかった人とはしばらくお別れする。その人と一生付き合うなということではない。人生においてはミッションが変化していく。

年に1回くらい、定期的に自分のミッションと人的資源の当てはめを再検討する。その際に、しばらくお別れしていた仲間に連絡してまたつながることはよくある。

しばらく距離をおいてしまったら、その友人はもう自分の仲間にならないのではないか？　という不安について、僕は心配いらないと思う。もともとが仲間なんだから関係はすぐにもどる。

連絡して、ちょっと高い焼肉か寿司をおごる。「しばらく連絡しなくてすまない。いまこんなことにチャレンジしていて君が必要だ。力を貸してくれ」と、どストレートに言えばいい。僕はこういう頼みをして断られたことがない。しばらくぶりに連絡をしてきた僕から必要とされたことに喜んでくれて、昔よりも深い関係を築けたことも多い。もちろんそれは、ミッションの内容がしっかりと練られた計画で相手にもメリットがあるからであって、僕ばかり得をする自分勝手な誘いだったらお断りされるだろう。

③しつこくなる

器用な人ほど、しつこさが足りない。

僕は、初見のことをそれなりにこなせる器用な方だ。だからだろうか、粘り強さがまったく身に付いていなかった。最初はうまくいかなくてもコツコツと努力して、長い時間をかけてしっかりとスキルを磨く、こういう人たちに何事も追い越されるばかりの人生だった。

「しつこくなれ！」と僕に指導したのは、神田のヤミ金の社長だ。

社長は借金の取立てを僕に叩き込んだのであって、僕に人生の指南をしたわけではない。でも、普段から「お前にはしつこさが足りない！」と言われ続けた。社長は、僕を一流の取立て屋に育てようと、日常のあらゆる場面においてしつこくなるよう僕に求めてきた。

そして、社長自身、本当にしつこい人だった。人に電話をかけるにしても、3分くらいコールし続ける。出なかったら何度も着信を残す。それまでの僕には、まったくない姿勢だった。

社長を見ていて気づいた。「しつこい」と、かなり多くの問題を解決できてしまう。しつこさ、粘り強さは、思っていた以上にパワフルだった。

ただし、人間関係にしつこくなれというわけではない。

「しつこくなる」とは、ミッションに挑戦する姿勢のことだ。人を説得すること自体がミッションである場合はあるだろうけど、それは人にしつこいのではなく、ミッションに対してしつこいのだ。

しつこくすれば良いわけではないのだから、むしろ辛い人間関係からは逃げていいと思う。「②人間関係を取捨選択する」で書いたとおり、不必要な人間関係はとっとと捨てるべきだ。しつこくなるべきなのは、仕事・勉強・トレーニングなど自分と向き合って闘う事柄についてだ。

「君子は豹変する」でいいと思う。

一度決めた方針が誤っていると気がついたら、素直に改めるべきだ。意固地になって自分を改められないことは、問題だ。

設定した目標についても、時勢などに従って変更を加えることも構わない。場合によっては目指すこと自体をやめてしまうのも有りだ。

きちんと分析した上での、方針変更・目標変更なのであればよい。問題なのは、過程の厳しさに気持ちが負けて、投げ出すことだ。そういった意味で、「しつこさ」と「君子は豹変する」とは矛盾しない。

生きづらさを感じている人は、自分に「しつこさ」が足りているか検討してみることをおすすめする。

誤った選択をしたとき、あなたは深く考えずに「めんどくさい！　もうこうしてやる！」という心持ちでなかっただろうか？　粘り強くもう少しだけ辛抱するしつこさがあれば、人生はかなり生きやすくなる。

第六章　元ヤクザ弁護士

最高裁判所の面談

試験に合格はしたけど、司法修習生（研修のようなもの）に採用されるまでに一悶着あった。

最高裁から面談の呼び出しがあったのだ。他のみんなは呼ばれてないから、自分の経歴のことを問いただされるのだろうと容易に想像できた。

最高裁判所の建物は、まずその外観からして圧倒的な権威性を見せつけてくる。石造りの重厚で荘厳な要塞を見て、「これはとんでもないところに呼び出された」と唾を飲んだ。

しかし、面談は思ってたのと違って和やかだった。

面談してくれた方も裁判官だったと思うけど、はじめから終わりまで親身になって僕の話を聞いてくれた。

なにより心配されたのは薬物のことで、「もう手を出さないと約束できるか」という点に慎重だった。僕はありのままの気持ちで、「いまだってやりたいけど、7年間の苦労を考えたらやるわけがない」と訴えた。

面談の裁判官も、僕が裁判官から「君ならできる」と言われて頑張ったという話に食いついていた。「あー○○さんだったのか、それはいい言葉をかけてくれたね」と感心していた。

面談は30分くらい。「司法修習生として採用するように報告する」と言ってくれてホッとした。

1週間くらいして、司法修習に無事に採用される通知が届いてホッとした。

修習地は希望通りの「大阪」だった。

修習生同士の関係

大阪修習は大規模な裁判所で、修習生もたくさんいる。２００人以上はいたと記憶している。

この修習の人間関係はなかなかに面倒くさい。司法試験に合格して集まってくるわけだから、みんな自信たっぷりだ。ネットにはない情報が修習生コミュニティに流れてくるため常に情報収集の必要があり、修習生同士の関係は良好なものを築かなければならない。飲み会がたくさん開催されるから、当時はなるべく顔を出さなければとも思っていた。今考えるとそんなこともないけど、ローの先輩から「修習生の飲み会には欠かさず参加しなさい」とアドバイスされたことを真面目に実践していたのだ。

もちろん、他の修習生に自分の経歴は秘密にした。言うメリットがないし、変な噂が広がると就職活動に影響すると思った。経歴を隠して就活することも考えていた。

弁護修習のときに、指導担当の先生たちも一緒にみんなで温泉に行くというイベントがあった。温泉とは困ったイベントだ。僕は背中にびっちり刺青が入っている。僕は、同じ部屋になる同期にだけ事情を説明した。彼らはかなり驚いていたけど、一緒に大浴場へ行かずに部屋で過ごしてくれた。感謝だ。

大平光代弁護士との食事

僕は、大平光代弁護士に手紙を出した。

大平先生に憧れて司法試験を目指して合格できたこと、やり方や経路もマネをしてとても参考になったこと、とても感謝している思いを綴った。

すぐに、大平先生のご主人から連絡があった。大平先生のご主人も大阪弁護士会に所属の弁護士だ。

僕は、大平先生とご主人に食事へ誘っていただいた。北新地の料理屋さんでお二人から労いとこれからの進路についていろいろアドバイスをもらった。

東京に戻らない、刑事事件を扱わないなど、このときもらったアドバイスで実践できていないものも多いけど、

「しばらくは経歴を隠さないとあかんで。経歴を知られれば週刊誌とかに面白おかしく書かれてまともに弁護士業務ができなくなる」

というのは結構かたくなに守ってきた。

7年間、経歴を広言せずにやってきたのは、大平弁護士のアドバイスに従ったものだ。

大平弁護士が言っていた。

「私の本を読んで『司法試験を目指します』という手紙はたくさんきた。でも『合格しました』の手紙は諸橋さんが初めて。とても嬉しい。立派な弁護士になって次の若い人につなげるようにしてほしい。クモの糸を登って地獄から戻ってきたんだから、後から登って来る人を蹴落とすようなことはしちゃあかんで」

僕は、大平弁護士の本が道を示してくれたから弁護士になれた。

前科者や元ヤクザなど、僕と似たような境遇からやり直そうとする人たちの励みになれる存在になりたい。

就職活動

就活は、最初に3つくらい法律事務所に申し込んであっさり「お祈り」された。僕の67期は就職がとても厳しい年で、38歳の僕では面接までも呼ばれなかった。それに、経歴を隠して申し込んでいたから、これでは後から問題になるなと思った。

今はもう閉鎖しているが、大阪パブリック法律事務所（通称「大パブ」）という公設事務所があった。ここが僕の最初に就職した事務所だ。

刑事裁判修習のときに、指導裁判官から「大パブに申し込めば？」と言われた。僕の経歴を知っていた裁判官は、大パブなら僕の経歴をむしろ好意的に見てくれるだろうとアドバイスをくれたのだ。

大パブは大阪弁護士会が運営する公設事務所で、刑事事件に特化していた。ヤクザの事件もたくさん扱っていて、「大パブを知らない大阪のヤクザはいない」というくらい有名だった。

僕は、大パブから採用の内定をもらえた。

大パブへ行けば、ヤクザの刑事事件を扱うことになる。大平先生からのアドバイスに背くことになるけど、僕の経歴を知った上で採用してくれた大パブにとても感謝の気持ちがあった。

大阪弁護士会から調査される

大パブで弁護士をスタートすべく、修習中に大阪弁護士会に入会申込みをした。

1週間くらいして大パブの先生から連絡があった。どうやら、「大阪弁護士会が君の経歴を調査するそうだ」と憤慨しているようだ。シャブの前科・元ヤクザなんだから、すんなりと登録させるわけにいかないだろうと予想していたからそれほど驚かなかった。

調査にあたった先生の一人が、弁護修習先事務所の先生で顔見知りだったからよかった。指導担当の先生もいろいろと根回ししてくれて、大阪弁護士会の調査では僕にとても好意的な報告書を作成してもらえた。常議員会で満場一致で承認されて、大阪弁護士会の登録が認められた。

ただ、常議員会にかけられたことで、僕は大阪弁護士会の先生方の間でちょっとした有名人になってしまった。司法修習生なのに、弁護士の先生から「君が諸橋くんか、応援してるよ」と握手を求められたこともあった。

僕の経歴はいくら隠そうとしても、公になるのは時間の問題だなと感じた。

二回試験

司法修習が済むと、最後の関門である通称「二回試験」を受けることになる。不安もゼロではなかったけど、正直そこの対策はまったくやる気にならなかった。僕はとにかく自分の事務処理能力に絶対の自信があったし、90%合格するような試験はヘタさえうたなければ大丈夫だろうと思っていたのだ。

僕は60点くらいの起案をさらっと作成することが本当に得意だ。決して80点オーバーを狙わない。割り切って、当たり前のことを当たり前に書いて平均くらいの起案をさせたら、ものすごいスピードで何枚も作成できる自信がある。それが僕の特性なのだ。

たとえ優秀な成績ではなくても合格をすれば良いという観点からは、僕の特性は二回試験の起案に向いていた。

そして迎えた本番。スケジュールの過酷さだけで言えば、これまでの試験でもダントツだった。7時間ぶっ続けの起案で、昼飯も起案しながら食べるというのが5日間。気力と体力の限界を試されているような感じだった。

5日目の試験が終わったときにはもうヘトヘトで飲みに行ったりする元気もなかった。それでも、なんとかそつなくこなせたという自信はあった。

平成26年12月。僕は二回試験に合格し、晴れて司法修習を終えた。

弁護士登録をするまでのハードル

二回試験に合格して一斉登録（日弁連から登録の通知がくる）の日に、なんと「資格審査開始通知書」が届いた。大阪弁護士会に新規登録を申請したうち僕だけが資格審査に引っかかったのだ。ここにきて3度目の「待った」がかかったらしい。

その日のうちに大阪弁護士会の会長から呼ばれて、「まさか日弁連がこんな頭固いこと言うとは思わなかったわ。ふてくされんと辛抱してね。絶対に登録はさせるから」と励まされた。

大パブの先生に代理人になってもらい、資格審査への意見書を出した。

ロースクールの教授や先輩方、修習でお世話になった指導担当の弁護士先生達、修習の同期、みなさんから嘆願書をいただいて、それらを添付させてもらった。

日弁連での意見聴取は、なかなかに緊張した。15人くらいいる資格審査会委員の前で、ヤクザを辞めてからの苦労を語り、シャブやヤクザ仲間との関係断絶を涙ながらに誓った。

委員長から「君が信用できることはよくわかった。君を心配してこういう審査をしていると思って日弁連の対応を恨んだりしないでほしい」と言われた。

無事に日弁連の資格審査会からも承認されて、平成27年3月には大阪弁護士会に登録して弁護士資格を手に入れた。

僕は、ようやく届いた弁護士バッジが本当に嬉しくて、行きつけの飲み屋を巡ってみんなにバッジを見せびらかした。そしてなんと、バッジをどこかにおき忘れてきてしまった。

結局バッジは見つからず、再発行の申請をした。

大パブ所長の下村先生から、

「なんや！　苦労してやっと手に入れたバッジを1週間で無くしたんかい。しょうがないなぁ」

と呆れられた。

事務員として勤務

僕は、一斉登録が認められなかったから、弁護士登録が認められるまでの3カ月間を大パブで事務員として勤務した。

このときの事務員としての業務が、その後の弁護士業務にとても役に立っている。

事務員の業務を一通り経験したから、どの業務がどの程度の手間で、指示されるときどんな情報がほしいのか等、ある程度のことを実体験で理解できた。事務員側の業務を把握しているから、必要な情報を絞って適切な締め切りを設定して、時間的余裕をもって、業務の依頼を出せている。

事務員出身の弁護士には大成している人がたくさんいると聞く。事務員側の気持ちや事情をよく理解しているから、事務局を大事にして事務所運営をするからだと思う。僕も、法律事務所の機能の中核は事務局であると考えている。法律事務所を経営するには、事務員の採用と、事務局との意思疎通に重きを置かなければならないだろう。

また、裁判所に提出書面をもっていく裁判所便を毎日やっていたから、どの手続きはどの窓口かということについて、手続きと絡めてよく理解することができた。固定資産評価証明書は市税事務所で取るとか、戸籍を原戸籍まで遡ってとるとか、そういった作業すべてが今の弁護士業務にいろんな形で役に立っている。

資格審査にかけられたから仕方なく、ということで事務員勤務をしたけど、今はとてもいい経験だったと思う。大パブの事務員さんたちには、いろいろと教えてもらってすごく感謝している。

下村忠利弁護士

大パブの所長、下村忠利弁護士にはとても影響を受けた。

下村先生は、僕にとって弁護士の師匠だ。これまでも、そしてこれからも下村先生の弁護活動は僕の目標である。

下村先生は、関西中のヤクザから絶大な信頼を得ていた。僕も下村先生と一緒に接見に行ってその理由がよくわかった。下村先生は、依頼者に寄り添うために、あえて不良言葉を使っていた。これは彼らに共感を示すのに絶大な効果を発揮するだろう。言語というのはそれくらい重要なコミュニケーションの要素だ。

下村先生は、「刑事弁護人のための隠語・俗語・実務用語辞典」という本を準備していた。僕も、関東の不良言葉についてこの本の制作に協力した。

下村先生からの指導で、一人称に「僕」を使うようになった。それまでは「俺」とか「自分」とか言っていたけど、下村先生から「僕!」と何度も訂正された。

一人称が「僕」だと、それだけで和らいだイメージを与えるし、乱暴な言葉になりづらい。それ以外にも金の数え方（「ヤクザの数え方」と言われた）や、上の人の前を歩かない（ヤクザは下っ端が前を歩かなければならない。突然の攻撃に盾になるためだ）など、一般社会の常識を色々と教えてもらった。

元ヤクザ弁護士として

大阪パブリックには1年ちょっと勤務して、東京弁護士会の事務所へ移籍した。もっと下村先生のもとで修行したい気持ちもあったけど、大パブが閉鎖するようだったし、僕自身がやはり東京で弁護士をしたい気持ちが強かった。

そして現在は独立し、パンチパーマの元ヤクザ弁護士として自分の事務所を構えている。ここからはいくつか、僕の弁護活動の一端を記そうと思う。

まず、東京に戻ったらすぐに昔の仲間から連絡が来るようになった。

「飯でも食おう」みたいな誘いは全て断って、「法律相談や事件の依頼なら、事務所か刑事施設のアクリル板越しであう」という方針を伝えた。つれない態度に感じたろうけど、みんな「そうだよな。コンプライアンスの問題あるよな」と理解してくれた。

彼らは刑事事件の依頼をよく紹介してくれる。彼らからすれば、ヤクザや不良の気持ちが分かる僕に弁護を頼みたいという気持ちがあるのだろう。特別な弁護活動をするわけじゃないけど、たくさんの私選刑事事件の依頼が来る。

また、ヤクザから足を洗った仲間たちからもよく依頼を受ける。

カタギになった彼らは、解体屋など建設関係の会社経営をしていることが多い。工事代金の未払い請求や給料前借りして飛んだ従業員との交渉、そして従業員がシャブや大麻で捕まった事件など、結構いろいろなことを頼まれる。

まだ現役をしていた昔の仲間の弁護もした。ほぼ全員、ヤクザを辞めさせた。

みんな先輩だから「辞めてもらった」と言うべきだろうけど、本気で強く説得して時には接見室で荒っぽい言い方もして、ヤクザを辞める決意をさせた。

はっきり言って、現役の連中のほとんどはヤクザを辞めたがっている。ヤクザをしていたって何のメリットもない。生きづらいだけだ。それでも、辞めた後の道筋がイメージできないから踏ん切りがつかない。若い頃から数十年もヤクザで生きてきたのだからそれも仕方のないことだ。

辞めた方法は、「脱会届」というのを本人に書かせて、会社に連絡して「承認する」というサインをしてもらった。会社から「別に引き止める気はないけどサインはしたくねえから、破門にするよ」と言ってもらって破門状を撒いてもらったこともある。

辞めてすぐに働き口も見つからないから、そこは福祉の世話になるしかない。一緒に窓口へ行って事情を説明して頼み込んだりした。みんなすぐに現場仕事なんかを見つけて、福祉はすぐに打ち切ったようだ。もともと人に頭下げるのが嫌なタイプばかりだから福祉の若い職員に上からものを言われるのも嫌なのだろう。

ヤクザを辞めても「口座を作れない」というのは本当に困ったものだ。

銀行と契約するとき「5年以内に反社会組織に所属していません」という反社条項があるのだ。今どき銀行口座もなくて職を見つけることは本当に困難だ。

さらに、辞めて5年経っていても口座を作れないというケースをよく相談される。銀行は「理由はお答えできません」だが、過去の経歴を何らかの情報から見られて断られているとしか思えない。

この扱いを何とかしてもらわないと、「ヤクザ辞めたところで一生口座も作れないから、仕事にも有り付けない。それならヤクザを続けていた方がましだ」と現役ヤクザたちが言っている。

基本的に、依頼者に対して過去の経歴を隠すようにしていた。

自分の経験を話したほうがやりやすいだろう場面もよくあった。特にドラッグの自己使用の事件なんかは、もどかしさを感じた。ドラッグを断ち切ろうという依頼者に対して、経験者の立場からアドバイスしたかったができなかった。

いまは、経歴をオープンにしているから、ドラッグ事件の依頼者も僕の話しをよく聞いてくれる。そして、僕の経験を頼りにしてくれて、ドラッグ事件の依頼をもらうことも増えた。

僕は、地域密着・地域貢献というライフ&ワークを重視している。

ヤクザの時の感覚の名残りだろうけど、街に根付いて街を守る「顔役」のような存在に憧れる。もちろん合法的な弁護士である「顔役」だ。

浅草に住んでいるから、町会青年部に入って三社祭のお神輿の段取りを手伝っている。

また、消防団にも入っていて、令和4年の浅草消防団操法大会に出場して見事優勝した。

こうやって、地域に密着した活動に尽力することで、地域が活性化され、良好な地域の人間関係が構築され、自分自身のＱＯＬ（クオリティオブライフ）が向上する。そのうち街の人たちから頼られる存在になれば、様々な法律相談も舞い込んでくるだろう。

地域に根ざした弁護士を目指して、地道に様々な活動をしている。

YouTube に出演

YouTube「裏社会ジャーニー」に出演したことで一気に知名度を獲得した。

このメディア出演で初めて自分の経歴を告白した。

大平先生と、しばらくは経歴を公表しないと約束していたけど、弁護士8年目だったしもういいだろうという判断だった。

すでにほとんどの昔の仲間からは僕が弁護士になっていることを知られていて、中には勘違いして「諸橋の経歴を週刊誌に売るぞ」みたいなことを影で言っている者もいるらしかった。そんなこともあって、これ以上経歴を隠しておくのに限界を感じていた。

何より、僕の経験を伝えることで、人生をやり直せるきっかけをつかむ人が出てきて欲しい。そういう気持ちが抑え難かった。大平弁護士から渡されたバトンを次の人へつながなければならないという思いだ。

僕は、経歴を公表する1年前からSNS発信を強化するなどして、弁護士会でハレーションが起きた時に防御できるように準備しておいた。発信力を高めておけば弁護士会から処分されても言論で対抗できるだろうと思ったのだ。

このYouTube出演がきっかけで、今回の出版の機会をいただいた。

「YouTubeを見ました」という依頼がたくさん来るようになった。

SNSのフォロワーは倍くらいに増えたし、フォロワーはみんな強固な僕のファンになってくれている。

裏社会ジャーニーに出演したことは、僕の大きな転機となった。

出演して本当に良かった。出演に関係してくれた方々にありがとうと言いたい。

これからの活動

YouTubeでも言ったけど、刑務所や少年院なんかが呼んでくれるなら喜んで僕の経験をお話ししに行きたい。

元犯罪者や元ヤクザ、なかなか社会に受け入れてもらえなくて苦労している人たちに希望を持って欲しい。

そんな人たちを励ませるような発信をしていきたい。

大きな失敗をした人たちの再チャレンジを応援する。そんな活動をすることが、僕に課せられた使命だろうと思っている。

おわりに

「ヤクザで人のことを泣かしてきたのだから偉そうに過去のことを話すな」とネットでコメントがくる。もう慣れたから、言い返さないし、それほど頭にもこない。

だからと言って、この風潮はよくないと思う。僕らみたいなならず者を排除したい気持ちは理解できるけど、不良を根絶することは無理だ。常に一定数は不良になって社会に迷惑をかけるし、その不良を排除したところで別の不良が現れる。ヤクザを排除しても半グレがすぐに台頭したことで明らかだろう。

不良を排除するのでなく、拾い上げてもらいたい。最下層を切り捨てるのではなく、最下層を底上げすることで社会全体を向上させられないか。

刑務所を出てすぐ再犯した人が「シャバに居場所がなかった。刑務所に戻りたくてやった」と言うのをよく聞く。更生したいと思っても、社会が受け入れてくれなければ、投げやりな行動になってしまうというのも僕は理解できる。

この国の犯罪は減少傾向にあるが、再犯率は高止まりだ。

再犯率が高い↓社会がこわがって排除する↓居場所がないから再犯する、という悪循環ができあがっている。

そのためにも、犯罪者や元ヤクザを地域に迎え入れてほしいと願う。仕事に就くことも大事だが、居住する地域で孤立しないことが、再犯の防止にとても重要なことだ。稼ぎが低くたって居場所さえあれば人は幸せを感じる。再犯率の高い悪循環を断ち切るには地域のみなさんのご理解が必要だ。

もちろん、住民の理解を得るのはとても難しいだろう。犯罪者を町に住まわせるなんてそんなの誰だって怖いに決まっている。

僕が目指すべき役割は、更生を希望する不良を地域に受け入れてもらう社会的風潮を作り出すことだと思っている。そのためにも、まずは僕自身が地域に根差して地域に貢献するような生き方をしなければならない。そういった姿を発信していくことで、僕をまねして資格試験のチャレンジや、やり直しを目指す不良もあらわれるだろうし、そんな元不良を受け入れてくれる地域が少しずつ増えていってくれるのではないか。

僕が大平光代弁護士から引き継いだバトンはこれだと思う。

著者略歴

諸橋仁智（もろはし・よしとも）

福島県いわき市出身。高校卒業後、予備校時代の友人に誘われて覚醒剤に手を出し、ヤクザの道へ進む。数年後には覚醒剤の深刻な中毒症状に襲われ強制入院、そして逮捕を経験。弁護士として再出発することを誓う。平成25年に司法試験に合格し、現在は弁護士としての業務のかたわら、自身の経験を活かした情報発信を各メディアで精力的に行っている。

元ヤクザ弁護士

2023年6月21日　第一刷
2024年1月11日　第五刷

著　者　　諸橋仁智

発行人　　山田有司

発行所　　株式会社　彩図社
東京都豊島区南大塚3-24-4
MTビル　〒170-0005
TEL：03-5985-8213　FAX：03-5985-8224

印刷所　　シナノ印刷株式会社

URL：https://www.saiz.co.jp
https://twitter.com/saiz_sha

ISBN978-4-8013-0661-5 C0095